怪事件奇聞録

吉田悠軌

まえがき

「怪(あや)」しい「事(こと)」や「件(くだり)」を「奇(あや)」しく「聞(き)」いて「録(しる)」す。それが本書です。

断っておきますが、実際に起きた事件そのものについての本ではありません。ここで聞き録しているのは、あくまで世間一般から見て怪しくて奇しい事や件ばかりです。

実話怪談で語られる怪異とは「ひたすら個人的な一回性の体験」です。そこで語られた怪現象が「本当にあった事件」かについては、証明も再現も絶対にできないのです。

我々はただ、体験者が語る体験談を聞くことでしか、その怪異にアプローチできない。

ただし実際の殺人事件や死亡事故または自殺などが、怪異とリンクしているように思える怪談もそれなりに存在します。

そうした「事件」自体ならとりあえず実証可能ですし、複数人の証言や報道記事などを調べることもできる。どこまでも個人的な一回性の体験とはまた別の広がりを持っている。

本書の半分は実際の「事件」にまつわる怪談を集めました。怪異体験と繋がるかもしれない事件や事故などの広がりを持つ話です。そこに私の調査が含まれる場合もあります。

もう半分はその真逆、「どこまでも個人的な」性質の強い話を集めました。こちらは世にある他の実話怪談と比べても、かなり体験者個人の一回の体験に狭く寄りそっています。広さと狭さ。この対照的な怪談のアンサンブルを交互に読むことでグルーヴが生まれないだろうか。恐怖のうねりに酩酊（めいてい）してもらえないだろうか、というのが本書の狙いです。

それともう一つ。あえて両極端の怪談を並べたことにはまた別の理由もあります。

どのようなタイプの怪談にせよ確実に言えるのは、「誰かの怪しい話を誰かが聞いている現場こそが怪談なのである」ということです。

よく誤解されますが、体験者が怪異体験をした現場が怪談なのではありません。体験者が自身の怪異体験（と思う体験）を誰かに語り、それを誰かが聞いている。その現場こそがまさに怪談なのです。そこで話を聞いた別の誰かが、私に怪談を提供してくれることもあります。取材対象はなにも直接の体験者だけでなく、体験者から体験談を聞いた誰かであってもいい。その怪談提供者はイコール怪異の体験者ではないですが、怪談の体験者であることに違いはない。こうしたリレーもまた怪談を怖く面白くしてくれます。

だから本書の中ではたびたび、怪しい事や件を奇しく聞いている現場が録されています。「事件」にまつわる広い話であろうと、「どこまでも個人的な」狭い話であろうと、誰かの語る怪異体験を誰かが聞いている現場が必ずある。それこそが実話怪談の本質です。

それはまた、今この本を読むあなたの現場でもあるのですが。

※本書は体験者および関係者に実際に取材した内容をもとに書き綴られた怪談集です。体験者の記憶と主観のもとに再現されたものであり、掲載するすべてを事実と認定するものではございません。あらかじめご了承ください。
※本書に登場する人物名は、様々な事情を考慮してすべて仮名にしてあります。また、作中に登場する体験者の記憶と体験当時の世相を鑑み、極力当時の様相を再現するよう心がけています。今日の見地においては若干耳慣れない言葉・表記が記載される場合がございますが、これらは差別・侮蔑を助長する意図に基づくものではございません。

S坂の怪　1

新宿にあるS坂はやけに狭く、昼でも日陰に沈んでほの暗い。

一方通行の車道のすぐ両脇を、古い低層ビルと崖のように切り立った高い壁が挟んでいるからだ。喩えるなら、鎌倉の切通しをコンクリートに変えたような景観とでもいおうか。

そこは江戸時代、寺の地所を削って新設した坂らしい。なので高い壁は土地を削ることによってできた傾斜、建築用語でいう「切土法面」なのだろう。

とはいえこのS坂、大通りを避ける裏道として意外に交通量が多い。私もテレビ局の仕事終わりにタクシーに乗せてもらえると、たいていそこを通り抜けて帰宅していたものだ。アップダウンの激しい地形が好きな私は、人工の谷底であるこの坂をまじまじ眺めながら、なんだか怪談にふさわしい場所だなあと感じていたのだが。

それは的外れな感想ではなかった。


不動産関係の仕事をしている義男さんに、何度か取材を重ねたことがある。

彼は二十年前、S坂の近所に住んでいたそうだ。

「その頃は、四谷（よつや）の荒木町（あらきちょう）が主な遊び場でした」

深夜まで営業しているバーと飲食店を夜っぴきハシゴしてまわった末、明け方近くに家を目指す。その時いつも通るのがS坂だったのだ。

当時は両サイドの壁の上に高い樹木までもが生い茂っていたので、暗闇の濃さは今以上だったという。ただ先述どおり車の通行も多く、街灯が付いた電柱もぽつぽつ並んでいたため、特に恐怖は感じていなかった。

「これはもう時効ってことで告白しますが……」

S坂に並ぶ電柱のうち、特定の一本の陰にそっと隠れて立小便をするのが義男さんの日課だった。

コンクリートの壁に向かって放尿すると、激しい水音とともに湯気がたつ。落とした目線の先、地面に近い部分の壁は、そこだけ古い石垣だったことを今でも覚えているそうだ。

その日も、義男さんは午前をとうにまわる時刻に、ようやく荒木町を後にした。とぼとぼと自宅近くまで辿りつき、鼻歌まじりにS坂を下る。すべてがいつもと同じルーティン、膀胱（ぼうこう）も勝手にいつもの準備を始めている。

目当ての電柱が見えてきたところで、その夜だけの異変に気付いた。

電柱の脇に、夜目にも白い人影が立っていたのだ。

女のようだ。その顔がやけに白い。着ているのはこれも上から下まで白い、大きめのダボついたドレス。

そんな白一色の中、パーマのかかった黒いロングヘアがうねっている様子も見て取れた。

……こんな時間に、女が一人？

当然、この状況で立小便などもってのほかだ。というより我慢するまでもなく、尿意が自然と消え去ってしまった。

その女の姿が目に入ったとたん、全身に危険を報せるシグナルが鳴り響いたからだ。

これは違う。外見はまったく普通の女性。特徴的なファッションをしているが、非常識な点はいっさいない。しかし、これは違う。

そう思いながらも、足は前へと進んでしまう。

一歩、二歩、白い女と電柱がもうすぐ近くへと迫っていく。

と、そこで女の姿を見失った。目をそらしたわけではないのに、古いトリック映画さながら、周囲の風景から女だけが一瞬で消え去ったのだ。

それでも足はまた一歩、二歩と前へ進む。電柱の真下へ辿り着くと、その道路上に黒い染みが広がっているのが分かった。さきほどまで女が立っていた地面が、ぐっしょりと濡れていたのだ。

しばし茫然と眺めたが、その水たまりが消えることはなかった。となるとあの白い女も、アルコールによる目の錯覚ではなさそうだ。

……ついてくるなよ……。

思わず、そんな言葉を心の中でつぶやいた。

駆け足で帰宅した義男さんは、トイレだけ済ませると急いでベッドに潜り込んだ。

とにかく早く寝てしまおうと両目を閉じたその瞬間。

パン！　という破裂音が顔のすぐ前で弾(はじ)けた。

とっさに瞼(まぶた)を開く。女の顔がそこにあった。

互いの鼻がつきそうなほどの至近距離で、無表情の顔が視界いっぱいに広がっている。

さっきの女だ、と直感的に理解した。あまりに近いため、あのダボついた白い服もうねったロングヘアーも見えてはいない。それでもあの女だと確信できる。

こちらの額や耳元にポタリポタリと冷たいものが滴(したた)ってきたからだ。ほぼ視界の外だが、それがなにを示しているかは分かる。

ぐっしょりと濡れた髪の毛から、水滴が落ちているのだ。

声を出せず動くこともできないでいると、喉元がぐうっと圧迫されるのを感じた。明らかに、首を絞められている。

そこで周囲に甲高い音が鳴り響いた。救急車のサイレンに似ているが音階が違う。

――いぁ〜うぃ〜いぁ〜うぃ〜いぁ〜

並びの崩れた、耳障りな音がリフレインする。

苦しみのあまり勝手に瞼が閉じる。不快な音が大きくなる中、もはや呼吸もできなくなった。額に滴る水滴は、ボタボタボタボタと勢いを増していく。

……このまま死ぬんだな……。

諦めとともに全身の力が抜けた。

すると箪笥や扉、襖といった部屋中の木材がガタガタと揺れる音が聞こえてきて。

……他にもう一人、誰かいる……？

なぜかそう感じたところで、意識を失った。

目覚めると、窓の外から朝日が差し込んでいた。

とっさに時計を見れば、帰宅から三時間ほどが経過している。

夢を見たのか……との考えは数秒で打ち消された。

ベッドの掛け布団のあちこちが、黒く滲んでいたからだ。そのシミは、細長い足のかたちをしていた。汚水による足跡が、いくつも布団に残されていたのである。

いたんだ、あの女は確かにいたんだ。

そう思った瞬間、首元に違和感が走った。とっさに触れた右手がぬるりと滑った。首になにかが巻きついている。慌ててそれを引きちぎると、ブチブチという音とともに、ぐっしょり濡れた長い髪の毛が何本も指先に絡みついてきた。

洗面所に駆け込んで鏡を見ると、首まわりがぐるりと一周、赤く腫れあがっていた。まるで巻きついた髪によって、その皮膚が毒されたかのように。

「それから女は二度と現れませんでしたが、もうあの坂道を通ることはやめました」

義男さんが体験談を語り終えたとたん、私は体を前に乗り出した。

話の最中に浮かび上がってきた幾つもの質問を、ずっと我慢していたからである。

S坂の怪　2

S坂について、また別の怪談があることを私は知っていた。

タレントのつまみ枝豆氏が書いた本の中に、明らかに同じ場所での体験談が記されていたのだ。

当時、ビートたけしの運転手を務めていた枝豆氏。毎夜のように飲み歩くビートたけしを自宅まで送り届けるのは、いつも深夜三〜四時頃になっていたそうだ。その後、契約している駐車場に向かう時にいつも通っているのがS坂だったのだ。

そんなある夜、坂道脇の壁に男がへばりついているのを目撃する。なにごとかと思いつつ通り過ぎた枝豆氏だが、それから連日、同じ男と出会うようになり……といった怪談だ。

問題の壁は、おそらく義男さんが立小便していた電柱から数メートル坂を登った地点だろう。この話についても彼も把握していたようで。

「はい、たけしさんを『羅生門』って焼き肉屋で降ろした後に通っていた道ですよね。それは一九八〇年代なので、私の出会った女とは別ものなのかと思いますが……」

昔からとにかく不気味な坂道だったんでしょうね、と。

さらにS坂の近辺では、義男さんの他にも「長い黒髪で白い服を着た女」を目撃した人がいるようだ。これについては、佐々木さんという私にいつも怪談情報を提供してくれる女性が取材してきてくれた。

S坂の飲み屋にて、佐々木さんが店員および常連客に「この坂って怪談が多いんですか？」と訊ねたところ。

「そうそう、昔からけっこうあったんですよ」と店員さん。

以下は、その時レコーダーに録音された証言をまとめたものとなる。

——うちの娘がまだ小さかった頃。家に遊びに来た同級生の友だちが言うのよ。

「リサちゃんのうち、オバケいる！」って。それが毎回毎回なのよね。

私はそういう話が苦手だから、ウンザリしてたんだけど。

当時飼っていた犬も、深夜二時くらいにワンワン吠えるの。そしたら娘も「いるいる！」って騒ぎ出して。「オバケが宴会場にいるよ！」なんて。

もう、やめてよ！　って犬も娘も静かにさせたんだけどねえ。

あんまりそれが続くんで、もう一人の娘に相談したのよ。

その子は旦那の方の連れ子で、高校生くらいになってたかな。

「リサがこんなこと言うのよ……。同級生の子も、うちにくるたびオバケいるいるって」

そしたらそっちの娘も「いるいる！」って同じこと言ってきたの。

中学生の時、友だちと夜遊びして、一緒に家に朝帰りしたことがあるんだって。

親にバレないようにこっそり玄関から入って。「音立てないで、静かにね」って友だちと洗面所まで行って、そこで寝る前に顔を洗おうとしてたら。

「ぎゃあああ！」って友だちが叫んだの。

「やめてよ！　静かにして！」って振り向くと。

「見て見て見て！」友だちがガラス張りのドアを指さしてきて。

そこは、大きなガラスが鏡みたいになっているんだけど。

そのガラスの一番上に、黒くて長い髪の女が映ってたの。

しかもその女、すううう……と下に落ちてくる。

顔の次に白い服を着ている体が見えて。だから逆さまに落ちてきたってことなのよね。

そう、黒くて長い髪で、白い服。その女が、ガラスの上から下までゆっくりと落ちていって。そのまま消えていったんだって。

——どちらも年代はちょっと離れてるけど、だいたい二十年前のことになるわねえ。

　これ以外にも、S坂沿いのとあるマンションではたびたび「幽霊が出る」との騒ぎがあったそうだ。詳細は不明だが、当時のマンション住民の複数名から怪異体験談を聞き及んでいるとのこと。

　義男さんの電柱のほぼ真向いにあった建物だ。一度取り壊されて駐車場になった後、現在は新しいビルが建てられている。

「このあたりは、亡くなった人が多いところだからねえ」

　店員さん含め、その飲み屋にいた人々が口を揃えてそう証言していた。

　かつてこの周りが寺の敷地で、S坂も墓地を切り開いて造った場所だという由来が一つ。

　もう一つは一九九〇年に起こった、とある殺人事件について。


　黒い長髪、白い服を着た女。幽霊の表象として典型ではあるものの、義男さんの証言は「うねったパーマのロングヘア」とかなり具体的だ。

　そこで私は、かねてから聞かされていた殺人事件について、自分が調査した内容を義男さんに投げかけてみた。

　殺されたのは二十八歳の女性、Mさん。東京の社長令嬢で、自らもカフェバーを経営しながら、海外旅行やゴルフを趣味とする華々しい人物だった。

一方の殺人犯は三十六歳のKという男。Mさんと交際していたが金遣いが荒く、少年時代には幼児誘拐や暴行による逮捕歴があった。

なぜそのような二人が恋愛関係に至ったのか疑問だが、ともに離婚歴を持つことが仲を深める要因にはなったようだ。

しかしKは交際中も、飲酒運転により免許停止となったり、勤め先の金を使い込んではクビになるといった悪辣な振る舞いを重ねた。Mさんが早々に嫌気がさしただろうことは想像に難くない。

ある時、KはMさんのマイカーである白いベンツでドライブをしていた。Mさんもそこに同乗していたのだが、先述どおり免停中だった上、この時もまた深酒をした上での飲酒運転だった。当然の帰結として、Kが運転するベンツはタクシーと衝突事故を起こす。Kは当初、Mさんを運転手の身代わりにしようと画策した。しかし結局その隠蔽も上手くいかず、無免許および飲酒運転にて逮捕。Kは当時勤めていた不動産屋を解雇され無職となる。保釈金と裁判費用で発生した二百万円は、Mさんが株を売るなどして立て替えた。しかし働き口も探さず、その金すら返す素振りも見せないKに対し、Mさんの愛想も尽きてしまった。

ついにMさんから別れを切り出し、そして惨劇が起こる。

その夜、Kの自宅マンションの入り口にいるMさんが、近隣住民に目撃されている。まもなくKの部屋から、男女の言い争う声が響いた。

部屋の中では、KがMさんの首を絞めて殺害していたのである。

そしてKは、Mさんの遺体を身元が特定できないよう全裸にし、彼女の白いベンツへと乗せた。そのまま千葉県の銚子方面へと車を走らせたKは、途中の山林に遺体を埋める。とはいえ遺体は数日後には見つかった。この日、現場近くで白いベンツを脱輪させて立往生するKが目撃されていたためだ。

すぐに全国指名手配となったKだが、しばらくのあいだ逃走を続けていたようである。その後の報道が見当たらないので、どれほどの期間にわたり逃げ続けたかの詳細は不明なのだが。少なくとも一九九七年の警察時報ではKを「被告」と称しているので、ついに逮捕され裁判にかけられたことは間違いないようだ。

以上が事件についての概要である。

私は当時の新聞や週刊誌の記事を読み漁(あさ)っていたので、被害者Mさんや犯人Kの顔写真も見ていたし、事件現場のマンションのおおよその位置も把握していた。

そこは義男さんが女に出くわした電柱のすぐ近くだということも。義男さんとKが、ともに不動産関係の職に就いていたことも。

そして被害者であるMさんの葬儀に使われた遺影も。

それはKに殺される直前、ケニア旅行へのパスポート更新のために撮影されたものだ。

彼女がケニアに旅立つ日は、遺体が発見される二日前の日取りであった。また別の写真と併せてみると、それらは義男さんが電柱で見た女の特徴と非常によく似ている。

「うねったパーマのロングヘア」「大きめにダボついた白いドレス」。

そして山林に埋められた遺体と、義男さんのベッドについた汚水まみれの足跡……。

私がMさんの写真数点を義男さんへ送信したところ。

「似ている気がします。特にこの遺影がよく似ています」

そんな返事が送られてきた。

「僕についてきた女性の霊は、S坂で殺された方かもしれませんね」

もちろん、これらが関連した事象なのかどうかは分からない。

しかしこのわずか二〇〇メートル程の短く狭い坂で、「長い黒髪と白い服の女」の怪談が幾つもささやかれていることは、紛れもない事実なのだ。

オールドケントロードの手

気兼ねなくピアノを弾ける部屋というのはロンドンでも少ない。

音楽留学中のユキコさんが探し当てたのは、ロンドン市街南東部を走るオールドケントロードの一角。イングランド最古の道路沿いにふさわしい三階建てのボロアパートだった。当地では築百年以上の建物を賃貸向けに区分するのは珍しくない。ただそれはあくまで改装を重ねて、住居としての一定レベルを満たしてからのこと。

そのアパートはあちこち隙間風が吹き、冬ともなれば給湯器が凍りつく。そのため住民は自分一人しかおらず、一階のラジエーター修理工場が閉まった後はまったくの無人となる。しかも隣接しているのはガソリンスタンドと倉庫だけ。

治安の悪いエリアに二十代女性が住むには、ふさわしくない物件だ。それでも好きなだけピアノを弾く環境は、なににも替えがたかった。

一九九六年の、それほど寒くない深夜のこと。

眠れずにいたユキコさんはキッチンカウンター前のスツールに座って読書していた。読んでいたのは村上春樹の『ダンスダンスダンス』。

そのうちふと、ページに落としていた視線が上に向かった。

キッチンの壁の一点が、黒く沈んでいる。

それもはっきりと、手のひらのかたちに。

汚れだろうか、いや違う、影？

強い照明をあてた壁のすぐ前で手をかざせば、あのような影が映るはずだ。でもこの部屋にそんな光源はないし、私はここに座っている。

目を離せずに見つめていると、その黒い手が動いた。

「あれっ」

開いたままの手が、ゆっくりと横にずれていく。まるで盲人が壁を撫でながら移動しているかのように。

見ないほうがいい、目をそらしたほうがいい。

そう思っているのだが、凝視するのをやめられない。

すると黒い手は、上の方へと動く向きを変えた。

ずずずず……。壁をせり上がっていく。もうユキコさんの背よりずっと高い、天井近くの位置まで達してしまった。

もしこの手の持ち主である、見えない誰かが壁際に立っているとしたら。

空中に浮かんでいるか、異様なほどの長身ということになる。

なにこれ、誰なのこれ。

体が恐怖で満たされ、たまらず叫び出しそうになった、その時。

玄関の隙間から小さな塊（かたまり）が現れ、こちらへ走り抜けてきた。

ドブネズミだった。

ボロボロのアパートなので、部屋にネズミが入ってくることはこれまでも何度かあった。

なぜかそれを見た瞬間、ふうっと緊張が緩むのを感じた。

それから壁へ視線を戻すと、黒い手はいつのまにか、きれいさっぱり消えていた。

——ネズミのお陰で助かったのか。

そう思ったユキコさんは、それからしばらく部屋のあちこちの隙間をふさがず、彼らの侵入を許すようにした。

それが功を奏したのか、あの手がふたたび現れることはなかったのだという。

これがロンドンで自分の体験した話です。そう語り終えかけたユキコさんだったが。

「あ、そういえば……」と言葉を繋げた。

たった今、思い出した。

それから少しして日本に一時帰国するタイミングがあった。半分同棲していた恋人としばらく過ごし、またロンドンへと戻ってきた、その直後である。

恋人から、当時普及しはじめたWEBメールにて連絡があった。

現在のSNSと違って他愛ないやりとりを頻繁にすることはないし、彼もそれほど筆まめではない。

なにか重大な出来事でもあったのかとそのメールを開いたところ。

挨拶もなく、ただそっけない一文が記されているだけだった。

「ドブネズミが、うちのキッチンの真ん中で死んでいたよ」

カセットテープ

一九八〇年代、岡山県倉敷（くらしき）市に住んでいたナミエさんの体験談。

中学生の頃のナミエさんは大の深夜ラジオ好き。布団にくるまって人気番組「パックインミュージック」を聴きつつ、そのまま眠りにつくのが習慣だった。

ただその夜は、どうしても眠かったのだという。

昼間になにがあったということもないのに、抗（あらが）えないほどの異様な睡魔に襲われた。それでも愛聴している「パック」を聴き逃がすわけにはいかない。

そこでレコーダーにカセットテープを入れて録音状態にし、そのまま寝ることにしたのである。

翌日、ナミエさんはいそいそと学校から帰宅した、制服を着替えることも忘れ、一刻も早くとテープを回してみたのだが。

期待していた軽快なトークは、いっさい聞こえてこなかった。それどころか、スピーカーは待てども待てども無音のまま。

もしかして、録音がされていなかったのだろうか。

「嘘でしょ！」

慌てて早送りするが「サアー」というとっかかりのない音が響くのみ。なにか録音されていれば、たとえ早送り中でもその部分が「キュルキュル」と鳴る筈なのだが。

「ちょっともう……絶対に録音スイッチ押してから寝たのに！」

キュルル。

と、そこで音が変化した。

あれ、と思った。もう三十分ほどが経過している。これはこれで、なぜそんなタイミングで録音が開始されているのか意味不明だ。

とはいえ途中からでもラジオが録れていれば不幸中の幸いだ。まずテープを停止し、やや巻き戻してから再生してみたところ、スピーカーから流れてきたのは。

——ういいいぃい、ういいいぃぃぃぃぃ！

女の泣き声だった。

それも激しい嗚咽。すさまじい拷問を受けているか、人生で最も哀しむべきものを目の当たりにしているような。度を越した泣き叫びが響いてきたのである。

まったく予想しなかった事態にナミエさんがかたまっていると。

——んなあああああ！

赤ん坊らしき声が重なった。これもただの夜泣きやぐずりといったものではない。焼けた鉄でも押し当てられているのではないか。そう思わせるような、生命の危機を訴えるほどの泣き声。

――ぐがあ！　ぐがあああああ！

さらに男の怒号も重なってきた。いや悲鳴なのだろうか。どちらともつかない、しかし狂わんばかりの、自らの体をバラバラに引き裂いているような咆哮。

気がつけば、女も赤子も男も一人ではなくなっていた。それぞれ合わせて数十人もいるかという阿鼻叫喚が、暴風のごとく轟いている。

……地獄。

ナミエさんの頭に、そんな言葉が思い浮かんだ。

次の日、学校の教室にて。ナミエさんは、これまたラジオ好きの級友にこの奇妙な出来事を話してみた。

「一昨日の『パック』で、そんな変な特集してた？　それにしてもおかしいんだよ。五分や十分じゃないの。さすがにずっとは確認しなかったけど、テープの最後まで早送りしても、めちゃくちゃな叫び声がずっと入ってたんだから」

もちろんクラスメイトが聴いた当該放送は、そんなものとはまったく異なる、いつもの面白おかしい内容だったのだが。

「なにそれ。怖いけど面白そうだから、ちょっとそのテープ貸してみてよ」

「ええ？　まあ、あなたが持っていってくれたほうがありがたいけど……」

変人で知られる彼女の要望に応え、下校時、ナミエさんの家にて例のテープを引き渡したのである。

その級友はなぜか、翌日も翌々日も学校に姿を見せなかった。担任教師によれば「高熱を出して寝込んでいる」とのこと。当然、ナミエさんの心にはあのカセットテープの件がひっかかる。

三日目も級友は学校を休んだ。さすがに心配になったナミエさんは、お見舞いのために家を訪問してみることにした。

「……あなたのテープ聞いてみて、あんまり気味悪かったからすぐに止めたのよ。でもそこから一気に熱が出ちゃって……」

死人のようにベッドに横たわる級友が、喘（あえ）ぎながらそう説明してくる。

「……お願いだから、このテープはもう持って帰って……」

こうなっては仕方がない。嫌々ながらもナミエさんがテープを回収してみたところ。

翌朝の教室には、すっかり元気になった級友の姿があった。

「あなたがテープを持って帰ったとたん、いきなり熱がひいたんだよね！」

さすがにこうなると、他の原因は考えられない。こんなものを所持していたら、自分にも災いがふりかかってくるのではないか。

そう考えたナミエさんは、近所の寺にテープを持っていき、一部始終を相談してみた。もうそのままお焚き上げして処分してもらっても構わないと伝えたところ。

「そういうものはちょっと、うちでは預かれないし対処もできないね……」

住職は申し訳なさそうに断ってきた。絶望した顔のナミエさんに同情したのだろう、住職は「ただしあの寺なら……」と続けて。

「京都の有名な寺で、そういうものを受け付けているところはある。どこの寺かは教えられないけど、そちらに送ってみましょうか」

その日のうちに、京都へと発送する手続きをとってくれたのだった。

これで一安心だ、と胸を撫でおろしたナミエさんだったが。

数ヶ月後、近所の寺から彼女に宛てた小包が届いた。

嫌な予感とともに封を開ける。明らかにカセットテープのかたちをした四角い物品の上に、次のような文言を記したメモが入っていた。

「例のカセットテープですが、京都の寺から送り返されてきました。これはあなた自身が大切に持っていなければいけないものだそうです。くれぐれも人の手に渡らせてはいけません。大切に保管しなければ、良くないことが起こります」

それはケースごと真っ黒い紙に包まれていた。なんの模様もないひたすら黒々とした和紙によって、二重三重に包装されていたのだ。

どういうことかと困惑していると、その下にまた別のメモが入っていることに気づいた。近所の住職とは別の筆跡。おそらく京都の寺の人が記したであろう注意書きだった。

「この黒い紙は絶対に開かないように」

……いや、そんなこと言うならそっちで保管してよ……。

しかし中学生がそれ以上の交渉をできるはずもない。テープについては鍵のかかる小箱に入れ、押し入れの一番奥へとしまっておいた。

それから二年後。ナミエさん家族は、新しい家へと引っ越す運びとなった。

新居へ持ち込むための荷物を整理していた時も、あのテープのことが気がかりだった。

……やっぱりあれも、新しい家に持っていかなきゃダメなんだろうな……。

もう二度と目に入れたくなかったが、意を決して押し入れの奥をさらってみたのだが。

確かにそこに置いたはずのテープが、影も形もなくなっていた。

そんな筈がない。きちんと保管しないのも怖かったので、最奥の隅にしまいこんだはずだ。その手前にはカラーボックスなどを配置してあり、親が勝手に触ったという状況も考えられない。

押し入れはもちろん、引っ越しに伴い自分の部屋を隅々まで総ざらいしたのだが、テープは見つからなかった。まるであのテープが意思を持って、勝手に家を出て行ってしまったように。

これは紛失したということになるのだろうか。

だとすれば自分か他の人間に、災いがふりかかるのだろうか。

もしかしたら、とナミエさんは今でも思っている。

あのテープは、どこかの誰かの手元へと渡ってしまったのではないだろうか。

オチは?

チカさんがまだ結婚していた頃。当時の亭主を送り出した後、家事を忙しなくこなしていると、友人から電話が入った。年下の女友だち、よく面倒を見ている子だ。

朝早くからどうしたのだろうと着信を受けたとたん、けたたましい悲鳴がとどろいた。

「チカさん聞いて! 誰も信じてくれないの!」

鼻の詰まった泣き声だった。続いて出てきたのは、まったく予想外の言葉。

「寝室で、女の生首が笑いながら空中をグルグル回っているの!」

パニック状態の友人がまくしたてる説明をまとめると、以下のとおり。

この前の結婚記念日に、夫の親戚のおばさんから花嫁人形をプレゼントされた。ケース入りの、立派なつくりの人形だ。とはいえリビングに置くのは調度品と合わないので、夫婦の寝室に飾ることにした。

するとそこから、寝室で妙な気配がするようになった。自分たち以外の誰かが、じっとこちらを窺っているような気がする。

また人形が乾燥しないよう、ケース内に水の入ったグラスを設置しているのだが、その水がすぐに無くなってしまう。毎日取り換えているのに、夜にはグラスの水が空っぽになってしまうのだ。

「おかしいおかしいと思ってたんだけど……」

今朝ついに、生首が出てきた。

見知らぬ女の、首から上の頭。それが声をたてず、しかし大きく口を開けて笑いながら、ベッドの上で円を描いて旋回している。

「ちゃんと見たの! ずっと見てるの! でも誰も信じてくれない!」

すぐに夫に助けを求めて電話したが、仕事中だからふざけるなと切られてしまった。両親に電話しても、しっかりしなさいと怒られただけ。義母に電話すると大声で笑われた。

そこで今、頼みの綱としてチカさんへ電話をかけているのだそうだ。

「チカさんは信じてくれるよね!?」

正直そんなことありえないと思ったが、まさかそこで「嘘でしょ」と言える筈もない。

「ちょっと待って、あなた今リビングなのよね? その生首はまだ寝室を飛んでるの?」

「たぶんいる! ずっと消えないから!」

とにかく相手を落ち着かせなくてはいけない。嘘や幻覚であったとしても、誰かがきちんと信じてあげて、その上で彼女がこの事態を収められるオチをつけなくてはいけない。

「ね、もう一回だけ寝室を見たらどうかな？　もしかして消えてるかもしれないからさ」

「ええ～嫌だよ～」

「うん嫌だよね、怖いよね。でも消えてるのを確認しないと、ずっと怖いままだよ？」

泣きじゃくる友人をどうにか宥め、寝室をチラリとだけ覗くことを了承させた。こうすれば、いつのまにか生首が消えていたというオチがつく筈だ。

「じゃあ、今からドアを開けるよ……？」

通話口の向こうから、扉を開くような音が微かに聞こえた――ような気がした。

次の瞬間、チカさんはリビングで掃除機をかけている自分に気づいた。

「え、あれ？」

たった今まで握っていたはずのケータイが消えている。思わず時計を見れば、あの電話から数時間が経過した昼過ぎ。部屋を見渡すと、自分のケータイはテーブル上に置かれている。手に取った画面には、先ほどの友人からの未読メールの通知が一件。

【さっきはありがとうございます！　おかげで色んなことが分かりました。これから最後まで頑張ります！】

「……その間の記憶が、無いんですよね」

　チカさんは笑いながら、私にそう語った。

　メッセージの内容からして、なんらかの出来事はあったのだろう。しかし友人がドアを開いた後、なにを見たのか。それを伝えられたチカさんが、どのようなアドバイスをしたのか。そして相手がなにをどう納得したのか。

　それら一連の事象について、チカさんはなにも思い出せないのだという。

　しかしなんだか友人に問いただすことは躊躇(ためら)われた。この件についても、それ以外の軽い用事についても、チカさんのほうから彼女に連絡することはなくなった。

　それはなぜか先方も同じで、あれほど慕われていた彼女からの連絡が、以降はぱったり途絶えてしまう。他のメンバーを含めたメールは何度かしたけれど、二人の関係はどんどん疎遠になり、今では暗黙の絶縁状態といったかたちに収まっている。

　だからあの時、なにがあったかを知る手立てはないのだが。

「正確に言うと完全に記憶が消えてる訳じゃなくて……」

　なにかはあったんですよ、とチカさんは言う。そういうことなのかと思える、少し大きな出来事が。ちゃんと話としてオチがつくような、怖くて驚くような、なにかが。

　しかしそのオチを、チカさんはどうしても思い出せない。

くうたんと死

北陸の公営ギャンブル場にてアルバイトをしている知人がいる。その人から、職場で最近知り合った「くうたん」という女性の話を聞かせてもらった。

私自身はくうたんと直接コンタクトしていない。しかし怪談好きの知人が根掘り葉掘り取材し、私が要望した追加取材も逐一行ってくれたので、かなり細かいディテールまで理解しているつもりだ。

くうたんは元ヤンキーで、少し前までヤクザと付き合っており、その男との間にできた二人の子どもを育てているシングルマザーだが、見た目は推定五十歳のド派手なギャルだ。年齢は頑として教えてくれないので、五十歳より若いのか、もっと上なのかは分からない。どちらもありえるような気がする。

それと言い忘れたが、「くうたん」というのは彼女のLINEのIDだ。

そんなくうたんの話を、こちらで紹介させてもらおう。

くうたんは母親も「ヤクザみたいなお母さん」だったそうだ。

どういう風にヤクザみたいなの？　と知人が問うと、くうたんはしばらく悩んだ末。

「授業参観の時、母親が教室に入ってきたら、みんな驚いて『誰のお母さんけ？』とざわついたんよ。私は『しら～ん』って答えたけどね」

母がどんな見た目だったかにはいっさい触れず、そう説明してきた。

くうたんが中学三年生、お母さんが三十五歳の時。夏休みの初め頃、出張予定だった父親が予定変更でたまたま家にいた。せっかくだから親戚のおばさんのお見舞いに行こうと家を出てみると。

夕焼け空の下、家の屋根に大量のカラスがとまっていた。それを見た母親が、なぜか指をさして大笑いしはじめた。

「なにをしとるんよ、はよ車乗られ！」そう父親が怒鳴りつけるのだが。

「見て見て、こんなにカラス止まっとるがやぜ」

母はいつまでも腹を抱え、身をよじりながら笑い続けた。

それはずっと収まらず、くうたんと父と弟と妹とはすっかり待ちくたびれてしまった。

しばらくして、しゃくりあげる程度までに落ち着いた母を車に乗せると、ようやく家族五人で出発することが出来た。

その三分後、助手席の母がパタリと横に倒れた。運転席の父の太ももの上で、まだ笑みを浮かべたまま、大量の泡を吹きだしている。

おばさんのお見舞いどころではなく、そのまま救急病院に直行した。しかし医者が診た時には、母はもうすっかり冷たくなっていた。

それから一ヶ月半、なんとも暗い、なにひとつできない夏休みを過ごした。そして新学期が始まった頃、くうたんはグレた。ヤクザなお母さんは子育てもヤクザめいて過剰だったので、抑えつけられていた反動が一気に噴出したのだ。

父はそれを咎めることもなく、「どうせ捕まるがなら、小さい事件じゃのうて大きなことして捕まれよ」とだけ伝えてきた。

そんな父が死んだのはくうたんが大人になってからだが、そういえばこの時もまた「鳥」が関わっていた。

父は異常なほど雉（きじ）が大好きだった。雉のはく製を家に飾っていたし、なにより雉肉をこよなく愛していた。家では毎年秋になると知り合いの猟師さんから雉を貰い、それを鍋にして食べることが恒例行事だった。いや、絶対のルールだった。

くうたんが外泊や悪事を重ねても文句ひとつ言わない父だったが、雉鍋を拒否することだけは許さなかった。

もっとも雉鍋はめちゃくちゃおいしかったので、くうたんも素直に従っていたのだが。

ある年、家の中に雉が迷い込んできたことがあった。というより、まるでうちを訪ねてきたかのように平然と玄関から入り込み、集まった家族から逃げもせず、じっとこちらを見つめてきたのだ。

なんてラッキー、雉鍋が食べられる！

くうたんは大喜びしたが、なぜか祖母は大騒ぎしながらその雉を無理やり外に出してしまった。

「あらメスや。去年食べたオスの雉の奥さんやったんやろう」

震える声で、祖母は家族に告げた。

その数日後、父親が急死した。母と同じようになんの前触れもなくいきなり倒れ、その日のうちに亡くなったのだ。

「雉の呪いやろうね」

家族でそう話し合ってから、もう二度と雉を貰うことはなくなった。

くうたんは男女の友人五名と、久しぶりにカラオケに行った。歌を唄うよりも、みんなでおしゃべりするのが目的だった。

メンバーの中にナオトという男がいた。いつもしょうもない大口ばかり、甘いことばかり、夢みたいなことばかりを話す男だ。

「俺さあ、こっからシルバーアクセサリーのショップ開こうて思うとるがやけどさあ」

この時も、なんだか不自然な訛りでくだらないビッグマウスをまくしたてていた。

方言も変なら内容も無意味、我がことばかりを強調する耳障りな声を聞いているうち、くうたんは無性に腹が立ってきた。

「バカなことばっか言うとられんな!」

怒鳴りつけるとナオトは一瞬ぎょっとした顔を見せたが、素直に引き下がるはずもなく。

「おめ、バカなごどってなんだば!」

そこからずっと、大声での言い争いになった。二十分もすると一人の女友だちが「もう帰ろう」と席を立ちはじめた。いや今すぐナオトを言い負かすからとくうたんが制しても、すっかり青ざめた顔で荷物をまとめて。

「わけは後で話すから、とにかく出よう」

仕方なく解散となり、カラオケボックスを後にする。とはいえ女友だちの様子が気になったくうたんは、彼女を喫茶店に誘い、二人きりで理由を問いただした。

「……あのなぁ、ナオトの頭の上にな。鎌みたいなん刃物振りかざした黒い影がな、ナオトのことずっと眺めとったん。すごく怖かって、その場から早く逃げ出したかったんよ」

嘘をつくタイプの子ではないし、グラスを握る手が震えている。

「……あいつ、また事故でも起こすんやないけ？」

そう、ナオトはなぜだか交通事故に何度も遭っている。しかも毎回、鼻の骨を折ったり頬骨や顎が砕けたりと顔ばかりを損傷して。くうたんもたまたま同時期に市民病院に入院していたことがあるのでよく知っている。口の上手いナオトは看護師たちに好かれていた。悔しいが、ナオトはモテるのだ。しゃべりだけでなく見た目もそれなりにいい。よく顔を大怪我するのが逆に幸いして、整形手術を重ねながら少しずつカッコよくなっているからだ。入退院を繰り返すたび変わっていく、ナオトの顔。

彼はもともと青森出身だが、なにかの事情で母親と一緒に地元を離れていた。母子二人で全国を流れ流れた末、北陸へと辿り着いたのだという。この街にやってくる前のナオトの本当の顔を、母親以外は誰も知らない。

そしてカラオケの一週間後、ナオトは死んだ。

母親と住む借家で灯油をかぶって、焼身自殺をしたのだ。家屋も半焼したが、外出していた母親と、二階で飼っている犬は難を逃れた。

二階の飼い犬のもとに行こうとしたのだろうか、ナオトは階段を這い上ろうとしている体勢で亡くなっていた。

どうにも不自然な状況だし、なにより自殺するタイミングが気になった。

その日は忘れもしない三月一日で、ナオトの誕生日は三月十日。あいつはみんなにぱあっと祝ってもらいたがるタイプだ。誕生日直前に自ら死ぬなんて、ちょっと信じられない。くうたんの頭には、ずっとそんな疑念が頭にひっかかっていた。

それから少しして、市内のパブに飲みにいった時である。

そこはナオトが働いていた店だったので、マスターとおしゃべりしているうち、自然と彼の思い出話にシフトしていった。

「ナオトはなあ……あの子に連れていかれたんでないけ」

そのパブではかつて、ナオトともう一人の男が働いていた。二人とも女癖が悪く、よく女性客にちょっかいを出していたという。

中でもひどかったのがA子だ。彼らは二人がかりでA子の恋心を弄(もてあそ)び、金銭を引き出すカモにした。彼女から悩みを相談されていたマスターが二人を注意しようと思っていた矢先。A子は自ら命を絶ってしまったのだという。

「ほら、もう一人のあいつもな」

確かにそうだ。ナオトが自殺らしき死に方をした後、その男も交通事故で亡くなっている。マスターの話を呼び水に、くうたんの記憶がよみがえっていった。

そういえば、ナオトが何度も自慢していたではないか。

「俺、女を自殺させたことあるぞ」

どうせいつものビッグマウスだわ、と信じていなかったのだが。

……なんや、あれだけは本当やったんか。

次の年、ナオトの命日である三月一日。くうたんは「なんでか今日、ナオトがうちにくる」という強い予感を覚えた。焼け死んだ彼のため、水を満たしたコップを机に置いた。しばらくすると、ピシリという家鳴りとともに、コップの水が揺れた。一年ぶりのナオトの気配が、背中のそばにくっきりと立った。

「水飲んで水飲んで水飲んで……」

そう唱え続けるうち、気配は去った。次の年もその次の年も、ナオトは三月一日になるたびやってくるので、同じことをし続けた。

そうして十年ほど経った頃、ようやくナオトは来なくなった。

コツン

二〇一〇年代後半、宮城県でのこと。

鍋田君が住んでいた二つのアパートにまつわる話。

ここでは最初に住んだ方を「Aコーポ」、次を「Bガーデン」としておこう。

「Aコーポは、大学生の時に住んでいました。全部で十室の小さいアパートです」

一階に五部屋ずつの二階建てで、自分が入っていたのはいちばん奥のワンルーム。

「住みはじめるうち、いつも明け方に玄関がノックされることに気づいたんですよね」

大学のレポートを作成したりゲームに熱中するあまり、明け方まで起きていることもよくあったのだが。

コツ、コツ、コツン……。

きまって朝四時頃、誰かが玄関の扉を叩いてくる。コツ、コツ、コツンと三回だけ。

……ゲームの音がうるさかったかな？

隣人からの苦情かと思いドアを開けてみるが、廊下には誰の姿もない。共有部分は音がよく響くので、人が歩けばわからないはずないが、足音ひとつ聞こえない。

そんなことが何度も続いた。

徹夜明けの朝四時頃、玄関の外側をコツコツコツン。無視すればそれで終わり。大急ぎでドアを開けてみても、がらんとした廊下があるだけ。

気味が悪いといえば気味悪いのだけども。

「といって、それ以上変わったことは起こらなかったので慣れてしまい、音がしても気にせず過ごすようになりました」

そうして、すっかり夏になったある日。

鍋田君はベッドに座って漫画を読んでいた。友だちからごっそり三十巻以上も借りてきたものだ。つい夢中になってしまい、十巻、二十巻……とページをめくる手が止まらない。

そのまま夜明けに近づいてきた頃だろうか。

コツ、コツ、コツン……。

例によって、玄関をノックする音が三度、聞こえた。

……ああ、いつものやつだな。

無視していればなにも起きないのを心得ていた鍋田君は、ベッドに座ったまま壁に背中を預けて漫画を読み続けた。案の定、玄関はぴたりと静かになったのだが、その数分後。

コッ、コッ、コッ。

いつもと違うノックの音が響いた。いや、それは音の響き方だけではなく。思わずベッドから飛び上がり、部屋の中央まで離れた。たった今ノックされたのは、もたれかかっていた壁の向こうから。

「あっ」

自分の後頭部すぐそばを叩かれたのだ。

角部屋なので、向こう側はただ空中があるだけ。

嫌な汗が止まらないまま、鍋田君は動くこともできずに、ただ壁を見つめていた。


そして大学卒業を経て就職した鍋田君は、職場の女性と交際を始める。

その彼女と一緒に住むために引っ越したのが、Bガーデンだ。

「二人なので少し広めのメゾネットタイプ、二階まである部屋を借りました。一階にはリビングとトイレ、階段を上がったら寝室と洋室があるつくりでしたね」

引っ越してから一ヶ月後の夜遅く。

鍋田君は、階段を上ってくる足音で目を覚ました。

彼女が一階のトイレから戻ってきたんだろう。まぶたを開けずぼんやり考えていると、寝室のドアが開く音がする。やはり目を閉じたまま、彼女が布団に入ってくるのを待っていたのだが、ここで予想外のことが起きた。

——コツン
あおむけで寝ていた額に、氷のような冷たいものが触れたのだ。

ただ、鍋田君はそのひんやりした肌触りに心当たりがあった。

彼は体が弱いタイプであり、疲れが溜まるとすぐに熱を出してしまう。いったん発熱してしまうと気分も悪くなり、うまく頭も回らない。

しかしまた彼は、他人に気をつかわせるのを申し訳ないと思うタイプでもあった。周囲の誰にも自分の体調不良をもらすことなく、ついそのまま働き続けてしまうのだ。

それでも同じ職場で働く彼女にだけは隠しごとを気づかれてしまう。

「今日、熱があるんじゃないの？」と、おでこに手を当ててくれるのだ。

……あの、いつものやつだな。

彼女の優しさに安心して、そのまま眠りについた。

ただその後、同じことが何度も続いた。深夜、寝ている自分のおでこに「コツン」と手が当てられ、熱が測られる。やけに冷たい手なので、そのたびに目が覚めてしまう。

しかし彼女に気を使わせないため、自分は寝たふりをしてやりすごす。

なんということのない日常の一コマだ。朝起きた時は覚えているが、一日を過ごしているうち、彼女にお礼を言うのも忘れてしまうような、ささいな出来事。

しかし一ヶ月ほど経った頃。彼女との食事中、ふと例のことを思い出した。

「よく寝てる時に熱を測ってくれてるよね。あれ、本当は気づいてたんだ」

なにげない気持ちで、そう話してみた。

「心配してくれるのはありがたいけど、そのたび目が覚めるから、このままじゃ寝不足になっちゃうよ」

嫌味にならないよう、冗談半分の口調でそう告げたところ。

「……なんのこと？」

彼女いわく、夜にそんなことをしたことは一度もない。そもそも自分は寝付きが良く、一度眠れば朝まで起きることはない。

「それはあなたが、よく知っていることでしょう？　ねえ、それが本当なら、あなた、いったい誰におでこを触られてるのよ……？」

彼女が心底嫌そうな顔をしていたので、もう話を続けることができなくなってしまった。

それから後も、夜中、おでこに冷たい手が「コツン」と当てられることが続いた。しかし鍋田君は、やはりそのまま寝たふりを続けるようこころがけた。これが彼女でないのなら、よけいに反応しない方がいいと思ったからだ。彼女にも、これについてはいっさいなにも伝えないようにした。アパートを引っ越すまで、同じ状況が続いていたという。

「夜な夜なゆっくりと階段を上り、寝室で私のおでこに冷たい手を当てて、消えていく。あれは一体なんだったのか、いまだにわかりません……」


鍋田君が教えてくれたのは、そんな話だった。

後頭部を叩いたものと、おでこに手をのせたもの。二つのアパートでの体験は似通っている。もしかしたら扉や壁を叩いたものが引っ越し後の家についてきたのではないか。

私がそう質問すると、鍋田君はひどくおびえてしまった。

「……いや、実は最近、同じ話を人にしまして」

この前、鍋田君が飲み会に参加した時のことだ。友人たちに例の出来事を語ってみたところ、その中のひとりが眉をひそめたまま黙りこくってしまったのである。

「なんだよ、変な顔して」

「いや……言った方がいいのか、言わない方がいいのか悩んじゃって」

しかしそこまで告げられたら、最後まで聞き出さずにはいられない。

「じゃあ言うけどさ……もしまた、そういうことがあったら目を開けない方がいいぞ」

友人は、こちらを見ずにそうつぶやいた。

「でも、どんなやつが立ってるか気になってもいるんだよな」

「いや、そういうことじゃなくてさ……」

なんだか話がかみ合わない。はっきり言えよ、と鍋田君が詰め寄ったところ。

「熱をはかる方法は、手を当てるだけじゃないよね」

友人は自分のおでこと、こちらのおでこを指さして、そう言った。

——そうだ。

真っ暗闇の中、仰向けで寝ている自分のおでこに当たった、あの冷たくて、かたい感触。

あれは「手」ではなかったんじゃないか？　だとすれば、前のアパートの玄関や壁の音にしても「手でノックしていた」のではなかったんじゃないか？

どちらも「おでこをぶつけていた」のだとしたら？

「もしまた同じことがあっても、自分は絶対、目を開けないようにします」

だって、嫌じゃないですか。夜遅く、おでこにコツンと冷たいものが当たって、思わずまぶたを開けてしまったら。

自分の目のぴったりすぐ近くに、そいつの目があるのかもしれないんですから。

スーパー林道

私の知人Uさんが、建設関係者から聞き及んだ話。

数年前、関東のとあるスーパー林道が台風で崩落した。現在もなお復旧中となっている、そのエリアにまつわる体験談だという。

建設会社の鈴木さんは県の土木課職員とともに、山深い峠道での作業を行っていた。

そんな中、二人は奇妙な人影を目撃する。スーツ姿の男性が峠を歩いてきたのだ。

「なんであんなサラリーマンが歩いてるんですかね……?」

確かに、この峠ではトレッキングを楽しむ人もチラホラといる。しかし営業職のようなスーツと革靴を着こなし、登山装備を一つも持っていないのはあまりに不自然だ。

ましてやその男性、都会のアスファルトを歩くにふさわしい格好のまま、里ではなく尾根の方へと向かっていくではないか。

これから一気に日が暮れる頃合いで、山へ入るのは時間的に遅すぎる。安全のため声をかけようかどうか迷っていたところ。

「いや、鈴木さん、あれも」

職員がさらに後方を指さした。
スーツ男から距離を置いて、一人の女性が登ってくるのが見えた。こちらは軽装のため
トレッキング姿にも見えるが、やはりリュックもなにも装備していない手ぶらの状態。
まもなく暗くなる上、山の天気はすぐに変化する。テントどころかビバークすらできな
い彼らが、いったいどうするつもりなのか。
「これはちょっと注意しなくちゃですよ!」
林道は県の管轄である。対応せざるをえない職員に引きずられ、鈴木さんも二人のもと
へ走り寄っていった。
「日が暮れる頃に下りればいいかなと思って……」
男性も女性もいっさい悪びれず、ぼんやりした口調で無茶苦茶な登山計画を語った。話
が要領を得ず、車ではなく徒歩でここまで来たというのも意味不明だ。
「いや……今から麓の街に向かうことすら危険なんですよ」
こちらの主張が通じているのか、「はあ」「まあ」とそっけない返事しかしない二人。こ
こで解放してしまうと、またふらふら尾根へと歩いていきかねない顔つきだ。
「もう仕方ないので、今夜は我々の詰め所に泊まっていってください……」

詰め所の二階は宿泊室となっており、本来なら翌日朝の作業に向け、鈴木さんと職員が待機するはずだった。だが結局その二部屋を男女それぞれに提供せざるを得ない。職員は一階の休憩室を確保できたが、あぶれた鈴木さんは自身のハイエースに横たわる羽目となった。

まったく今日は災難だ。寝苦しいフラットシートに体を横たえた鈴木さんだったが。

夜も明けきらぬ頃である。車窓が激しく叩かれる音で目が覚めた。

見るとハイエースの外側に、青ざめた顔の職員が立ちすくんでいる。

「すいません！　今トイレに起きたんですが、中が大変なことになってて！」

職員とともに詰め所に戻ると、休憩室横の事務室が強盗にでもあったかのように荒らされていた。

机はひっくり返り、パソコンも事務用品も床に散乱した状態。しかも床には泥だらけの足跡が無数にこびりついている。

「これ、なんだと思います……？」

人間のものでないのは確かだ。かといって鹿でも猪でもカモシカでもない、初めて見るような蹄(ひづめ)のかたち。自分が知る山の動物たちよりはるかに大きな足跡が、黒々と残されている。

見当もつきません……と答えた鈴木さんだが、そこで二階に泊まらせた男女のことを思い出した。あの二人が謎の獣に襲われ、血まみれになっている想像が頭をよぎる。

慌てて駆け上がった二階には、しかし誰の姿も見当たらなかった。

宿泊室には人が寝泊まりした痕跡すらなく、布団も畳まれたまま。

ただ二室の畳にはともに、同じ蹄のかたちの泥土が点々とついていたのだった。

怪異はそれだけに留まらなかった。

朝になり、ダンプとともに数名の作業員が登ってくる。崩落防止工事および法面のコンクリート打設工事の続きをする予定だったのだ。

作業中の法面を確認しにいった鈴木さんの同僚が、大騒ぎしながら詰め所に戻ってきた。そのまま現地に行った全員が驚愕で言葉を失った。

打設したての乾いていないコンクリート面に、例の蹄の跡が無数についていたのだ。

その周囲ではツルハシやスコップなどの工具が、ぐしゃぐしゃに壊された状態で地面に散乱していた。さらにはゼロロクと呼ばれる0・06㎥小型ショベルカーや、コンクリートミキサーまでもが横にひっくり返されている。さすがにそれら機材は破壊までには至っていないが、あの蹄で蹴り倒した跡はくっきりと残されていた。

……その後はもうなにもかも有耶無耶（うやむや）になりましたけどね……と鈴木さんは語る。

機材を台無しにされた鈴木さん側の会社は、土木課を通じて県に弁済を訴えた。工期の遅れの責任と、そもそも不可思議な事態を会計処理できないということで渋られたものの、なんとか金額は支払われたそうだ。

しかしあの男女の行方は、杳（よう）として知れない。鈴木さんは県警に捜索を依頼するよう主張したが、土木課か県庁が無視したか、あるいは県警側が受理しなかったのか、なんらかの動きがあった様子すらない。

一連の事件は、役所としては表に出せない「Xファイル」となったようだ。

また、これは関係あるかどうか不明なのだが。

例のスーツ男を鈴木さんが詰め所二階に案内している最中、彼から言い訳のように次のようなことを呟かれた。

「この林道を登った先に、一人きりで生活している人がいるんです。それが私のお客さんなんですよ……」

後日、鈴木さんは測量に行ってくると嘘をつき、早朝に原付バイクで林道を上ってみた。

しかし道の先には人家はおろか、小さな建物すらいっさい見当たらなかったそうだ。

タクシーで言われたこと　1

「私、今から来る電車に飛び込んじゃおうかな」

すぐ横にいる友人にそう言われた時は、絶句するしかなかった。

二十年前、東京メトロという名称になったばかりの地下鉄千代田線、日比谷駅のホーム。ラジオDJのJUMIさんが、女友だちとともに次の列車を待っていた時のことだ。

「ちょ、ちょっとなに言ってんのよ」

友人の体の前に手を差し出しながら、ありきたりなセリフを必死に絞り出す。ちょうど到着アナウンスが鳴り響いている。ホームドアもない当時、このままふらりと前に出ればすぐに線路へ飛び出せてしまう。

「うん……電車に飛び込もうかな、って今そう思ったの」

そんなことを主張するタイプの人間ではない。それなりに深い関係なので、特に悩みを抱えているわけではないことも把握しているつもりだ。

しかも彼女の口ぶりは、本当になんの理由もなく、たった今そう思ってしまったから仕方ないとでも言わんばかり。

目の前を横切る地下鉄の風が、ホームに立つ二人の髪を揺らした。

「ま、ま、とにかく乗ろ、乗ろ」

車内では、JUMIさんによる必死の説得が続いた。といってもなにか特別な言葉をかけた記憶はない。「死ぬのなんてやめな」「変なこと考えず、とにかく生きようよ」と、ずっと上の空の友人にひたすら声をかけるだけ。

また特別な事情でもあるのかと探ってみたが、「いや別に、そういうのはないけど」と返された。やはり嘘をついたり隠しごとをしている様子はいっさい感じられなかった。

乗り換えのため千代田線を降り、二人はそこで別れてしまったのだが。

結論から述べると、友人はその後も自殺など試みたこともなく、現在も元気に暮らしているそうだ。後にも先にも、友人がそんなことを言ってきたのはこの一度だけ。

いやJUMIさんの人生において、人から自殺にまつわる告白をされたのは、後にも先にもその日だけだった。

ただし駅を出た直後、その後にも先にもないことがもう一度だけ起こる。

駅前でタクシーに乗り込んだJUMIさんが、運転手に目的地を告げたとたん。

「お客さん。私ね、この仕事する前は鉄道の清掃員をやっていたんですよ」

車を発進させながら、ドライバーが身の上話を始めてきたのである。

「清掃といってもただの日々の汚れじゃなくてね。いわゆる人身事故。列車に飛び込んだ人のご遺体をね、きれいに片づけて掃除するといった。まあ掃除なんて言い方、亡くなった人には失礼かもしれないけど、そういった仕事をね、ずっとしていたんです」

思いもよらぬ偶然に驚き、相槌すら打てなくなったＪＵＭＩさん。

こちらの反応がいっさいないことも気にせず、運転手はひたすらベラベラとその仕事についての思い出をまくしたててきた。

「いや、ああいった死に方は悲惨ですよ。列車に轢かれるとね、なあんにも残らないんです。これは頭だなとか、これは手足だったんだなとかの、飛び込む前は人間だったんだと思わせてくれる部分は、なにも残らない。つまりまったくのバラバラ」

この運転手は、どの客に対しても同じ話を披露しているのか？

いやまさか、そんなわけはないだろう。

「とにかく細かくなった肉片だけが線路のあちこちに飛び散って。血液もブシャアってまき散らして。欠片だけになってしまうんです。私も仕事だから細かくチェックしますが本当はそんな光景、見たくないですよ。うん、今ではもう絶対に見たくないな」

ふと気づいたのだが、この運転手。

自分がタクシーに乗ってから、いっさい後ろを振り向いていない。

走行中ならともかく、行き先を告げた時も、信号待ちの時も。頑なに前方を向いたまま、硬直したように運転している。

こんな類の話を長々としているのだから、また私が一言たりとも返していないのだから、多少は振り向いてこちらを見るのが普通の感覚ではないか？

「私は他の業界なんかは知らないけど……まあタクシードライバーだから交通事故とかは人より知ってるかもしれないけど……とにかく死に方としてはね、列車に飛び込むのがいちばん悲惨じゃないのかなあ」

到着時に料金を支払う段になっても、やはり運転手はこちらを一瞥すらしなかった。

「あれだけはしちゃいけない。なにがあっても、列車に飛び込むなんてマネだけは、しちゃいけないんですよ。ねえ、お客さん。そう思いませんか？」

その代わり、ひどく自分を心配するようなトーンで、最後にそう呼びかけてきた。

自分と友人は、あの日比谷駅のホームでなにかを拾ってしまったのだろうか。

タクシーで言われたこと　2

ユカリさんの仕事は日系エアラインのCA。ただ現在の職につくまでは、ずっと博多風もつ鍋屋でアルバイトをしていたそうだ。

数年前、めでたく航空会社への就職が決まった彼女は、もつ鍋屋でのバイトの最終日を迎えた。そこにちょうど、常連の家族が来店。両親と小学二年生の娘の、仲良い親子連れである。

すっかり顔馴染みとなっていた彼らには、最後の挨拶をしておくべきだろう。

家族が会計を終えて店を出る際、ユカリさんはレジへ近づいてこう告げた。

「私、今日がバイトの最終日なんですよ」

そうなんだ、寂しくなるねと言ってくれるパパとママ。

その横で小さな女の子が、ゆかりさんの顔を指さしながら妙なことを叫びだした。

「目、あるね！　目、目！　目、あるね！」

顔の中でも、正確に言えばこめかみ付近。そこを指差して「目、あるね、目、あるね」と同じセリフを何度も何度も繰り返す。

最初は笑っていたユカリさんだが、あまりのしつこさに困り顔へと変わる。

「目、目、あるね！　目、あるね！」

ニコリともせず、ふざけている様子もなく、娘は真剣な顔で叫び続ける。

どうしよう……と両親に目をやったところで違和感が走る。

パパもママも苦笑いすら浮かべず、騒ぐ娘から視線を逸らしている。困惑とはまた違う、なんだか居たたまれないような空気を醸し出しながら。

注意しない、のかな……？

そこで母親もこちらの怪訝な顔に気づいたようで、

「もういい、もういいね」

娘を制し、そのまま別れの一言もなく、そそくさと店を出ていったのである。

……顔に目があるのは当たり前じゃん、なにを言ってるんだろう……。

多少気になりはしたが、小さい子の言うことだからと、その時はすぐに忘れてしまった。

もつ鍋屋の終業後、ユカリさんの送別会が行われた。会は賑やかなうちに締めくくられ、ユカリさんも涙ぐみながら感謝と別れの挨拶を述べた。

解散後、ユカリさんは帰宅する方向が同じ友人とともにタクシーへと乗りこんだのだが。

車が走り出してすぐのことである。

そこは歩車道が非分離の道路で、向こうを横切る通行人がいた。ぼんやりフロントガラスを見つめていると、なぜか運転手はアクセルを踏んで速度を上げた。

危ない！　と口にする間もなく衝撃が走った。

タクシーが通行人を真正面からはねてしまったのだ。

「あ、まずいよね、まずいよね、なんとかしないと」

後部座席で動揺しつつも、友人は警察に、ユカリさんは救急車へと連絡をした。

震える声で状況を説明していると、

「ドライバーの状況は？　怪我などありますか？」

電話口から、そう問われた。

ああ確かにと思い、様子を確認しようと運転席を覗きこむ。

運転手はハンドルからだらりと手を降ろし、虚ろな表情で一点を見つめていた。

声をかけようとした直前、彼がなにやらぶつぶつと呟いていることに気がついた。

耳を近づけ聞いてみたところ。

「目が、だって、目が」

そんな言葉を、延々と繰り返していたのである。

「だって、目が、だって、目が、だって、目が、だって……」

ムーダンの祭壇

ユンさんは韓国出身の男性。もう十年以上も日本に滞在しているが、社会人になるまでは母国の実家に住んでいた。

近所に幼なじみの友人がおり、彼の家には数日に一度の割合で通っていたという。

「ムーダンって知ってますか？　韓国の女性の霊能者。友だちのおばあちゃんが、そのムーダンだったんです」

私はムーダンについて詳しくはないし、現代では様々な形態へと変容しているだろう。ただ印象としては激しく踊ってトランス状態に入り、神託を伝えるようなイメージがある。

「まあ、彼のおばあちゃんもそういう感じでした。子どもの頃はそれがすごく怖くてね」

普段はにこにこと笑いながらお菓子をくれる、どこにでもいるようなハルモニ（祖母）だ。

しかしユンさんにとって、そのおばあちゃんを不気味に感じる時もあった。

友人と遊んでいる最中、依頼主のお客さんが訪問してくると、おばあちゃんは彼らを連れて二階へ上がる。その家は二階部分がまるまる道場のようなつくりになっており、そこでムーダンの霊的な儀式を行うのだ。

そうして少し経つと、一階の天井越しになにかの楽器が鳴るような音、いつもと違うおばあちゃんの声が聞こえてくる。なにを言っているのかまでは聞き取れないが、低く高くうねるような節回しが、たいそう気味悪かったのだという。

子どもだったユンさんはその声を聞くのが苦手だった。すっかり通い慣れた家ながら、二階に上がってみようなどと思いもしなかったのだが。

その日、ユンさんは友人の家でテレビゲームに興じていた。彼の両親もおばあちゃんも用事で出かけており、子どもだけでだらだらと寛いでいた、その最中である。

ふと、頭上の異音に気がついた。

にしっ……にしっ……。

なにものかが二階を歩いている。

にしにし……にしにしにしっ……。一足ごとに大きな体重がかかっているのか、天井が軋む。思わず友人へ目を向けると、彼も寝転びながらじいっと顔を上にもたげている。

「誰……?」

その疑問もさることながら、ユンさんが不穏に思ったのは音の大きさだ。古いつくりの屋敷だが、ここまで歩行音や振動音が響いたことはない。つまり二階のものは聞えよがしに、わざと床を軋ませているということだ。まるで下にいる自分たちに、その存在を知らせるかのように。

「神様だよ」

友人は当然のようにそう答えた。

「神様が歩いてるんだ、これ」

そうなのか、とユンさんが驚いていると。

「見に行こうぜ」

「上に？　いや、でも」

「見たくないのかよ、神様」

こちらの返事を待たず、友人は起き上がると階段へ向かいだした。引きずられるかたちで、ユンさんもその後をついていく。友人が軽やかにステップを上っていった後、だんだん恐怖心がせり上がってきたユンさんが遅れて上りきったところで。

すぐ目の前に、初めて見る二階の光景が広がった。そこは襖や引き戸などの境目がない、ひと続きの空間だった。

細かな道具類を除けば、立派な祭壇がぽつんと置かれているだけ。祭壇の中央にはリンゴが数個供えられており、両端には火のついた太いロウソクが二つ、ぼんやり周囲を照らしている。先ほどまで聞こえていた足音の主は、影もかたちも見当たらなかった。

誰の姿もないことに安堵したユンさんは、かわりにロウソクの揺らめく炎が気になった。

「火、つけっぱなしじゃん……火事になるぞこれ、危ないなあ」

そんな呟きに対し、前方の友人が振り向きもせず返答した。

「神様がいるからぜんぜん大丈夫だよ」

そのとたん、またあの足音が聞こえた。

かっこ、かっこ、かっこ……。

部屋には誰の姿もないが、確かに聞こえる。ただ先ほどとは響きが変化していた。同じ階で聞いているためか、それとも相手が歩き方を変えたのか。硬い床を硬い靴で歩いているような印象だ。ただ同じく、わざとこちらへ聞かせようとする意思が感じられる。

「……これ、神様？」

かっこ、かっこ、かっこ……。

「そう。見たい？」

え、とユンさんが聞き返す。

「神様の姿、見たい？　それならなんかお願いしてみろよ。俺もよく言われてるんだけど、いい子にしてたら神様が現れてお願いを叶えてくれるんだって。お前はけっこういい子だから絶対に見えるよ、神様」

かっこ、かっこ……。

「……うん、見たい」

そう告げたとたん、ぴたりと足音が止んだ。

「ほら！　神様止まってくれた！　今だ、今！　お願いしろ！」

興奮した友人の声に促され、ユンさんは願い事を口にした。

「ゲ、ゲーム。お父さんにゲームを買ってほしいです」

ぱん！　と音をたてて両肩が叩かれた。背後から、それぞれの肩に一つずつ誰かの手が乗ったのだ。とっさに振り向くと、女の顔が背中ごしにこちらを覗き込んで。

――わかった――。

薄い声で耳打ちしてきた。

――かしこいねえ、えらいねえ、おりこうだねえ――。

そう囁くと、女の顔はすうっと奥へ引っ込んだ。

「それからだいぶ待ちましたが、親がゲームを買ってくれることはなかったです」

あの女の神様はいったいなんだったのだろう。お願いを叶えてくれると思ったのに。嘘をつかれたのか、からかわれたのか。

あれこれ考えていたユンさんだったが、小学生ということもあり、しばらくするとこの体験自体をすっかり忘れてしまった。

そしてまた友人の家で遊んでいた時である。久しぶりに二階のほうから、ムーダンのおばあちゃんのうねるような声が聞こえてきた。

「そういえば」とユンさんは例の件を思い出して。

「二階の神様って、まだいるの?」

「うん」と友人はこともなげに答えた。

「今おばあちゃんが喋ってるから、二階に来ていると思う」

……見てみたいな。今度はユンさんのほうから、そう切り出した。

二人でこっそり階段を上り、最上段より少し下から頭だけを覗かせてみた。

少し先には客らしき人物がこちらへ背を向けており、そのさらに奥でおばあちゃんが喉をうならせている。どうやら客に向けてアドバイスめいた言葉を発しているようだ。

そのまま、いちばん奥の祭壇へ目を凝らすと。

女の神様が、そこにいた。

ただ、あの時よりもやけに小さくなっている。せいぜい三十センチほどだろうか。供え物やロウソクに交じって、段の上にちょこんともたれかかっている。

「いた、いた……」

ひそひそ声で友人に耳打ちする。客はすぐ前の神様が見えていないようで、じっとおばあちゃんの声だけに耳を傾けている。

すると神様は上半身を乗り出し、おばあちゃんに向かって口を動かした。聞こえはしないが、なにかを喋っている。

おばあちゃんは背中からその声を聞いているのか、いったん黙り込んだ。そして神様が再び祭壇にもたれかかると、また客に対してうなり声を発しはじめる。

……神様の言葉を伝えているんだ。

そう思った瞬間である。

神様がこちらを向いた。目が合った、と感じた。それを察したのか、神様はあの肩ごしに覗き込まれた時と同じような笑みを、にやあっと浮かべた。

そして向かって右のロウソクへ、とことこ歩いていき。

すうっ……。炎を吸った。

吹いたのではない。すぼめた口で火を吸い、消したのだ。

神様は次に左のロウソクへと歩いていき、この火もすうっ……と吸いとった。

あたりが暗くなる。

そこでおばあちゃんがガックリとうなだれた。数秒後、ふだんどおりの表情で顔を上げて「はい、これでおしまいです」と明るく言い放った。

ユンさんと友人は、見つからないようこっそりと階段を下りていった。


「本当にそんな小さい神様なんているのかよ、と人からはよく言われます」

同じ韓国人たちにも、似た話すら聞いたことがないと笑われる。ユンさん自身、NAVERなどインターネットで調べてみたが、自身の体験にまつわる情報はヒットしなかった。

「でも私は、この目で見たんですから」

あの小さな女がおばあちゃんの祭壇にいたことは確かだ。ただ、それが本当にムーダンが降ろす正当な神様だったかどうかについては、ユンさんにも自信がない。

「結局、その神様の言ったこと、本当じゃなかったわけですもんね。ゲームなんて買ってもらえなかったし……」

例の友人とは大人になってからいっさい交流がない。彼のおばあちゃんが伝えていた託宣が本当に「神様の言葉」だったのかどうか。今ではユンさんも少し、疑っている。

悪魔祓い

坂野さんは、私がずっと親しくさせてもらっているキリスト教の牧師さんだ。ロックミュージシャンとして活動したり、新宿の教会で迷える人々と向き合ったり、アメリカに渡って終末医療の患者の精神的ケアをしたり。

その活動は多岐にわたっているが、ともかく一本筋の通った宗教家であることに間違いはない。

そんな彼と新大久保のタイ料理屋で飲んでいる時、ふいに次のような質問をされた。

「吉田さんは、エクソシストとかって関心ありますよね?」

私が当然のごとく頷くと。

「俺、昔やったことあるんですよ。悪魔祓いに近いこと」

坂野さんはプロテスタントの牧師である。エクソシズムといえばカトリック特有の儀式で、バチカンから正式な許可をもらって行うというイメージが強い。その旨を問うと

「確かにそうですけど。俺がやったのは正式なエクソシズムではないし、教会の公式な活動として行ったわけでもありません」

坂野さんが二十五歳、修行時代のことだったという。

ともに牧師を目指している見習い仲間の一人に、A子という二十歳の女性がいた（カトリックの神父は男性のみだが、牧師職については女性も公式に認められている）。

坂野さんは年上で、先輩でもあるため、自然と彼女の相談に乗ることが多かったそうだ。

そんなある日のこと。

教会の用事で車を運転していた時だった。ドライバーが坂野さんで、助手席にはA子。二人きりという状況も手伝い、いつものようにA子が相談をし始める。

ただそこで彼女が語ったのは、幾度となく話された仕事についての悩み、将来の不安などではなかった。

「私、育ってきた家庭環境にちょっと問題がありまして……」

「世間でいう虐待ですかね、そんなようなことを受けていたんですけど……」

もちろんその内容について、坂野さんは私に詳細を語らなかった。ともあれA子は、自らの過去に関わるかなり込みいった告白をしてきたのである。

どうして急にそんな深刻なことを……。

違和感を覚えた坂野さんだが、彼女が十数年にわたり抱えてきた悩みなのだろうと素直に耳を傾ける。

「私、家族のことは、これまでずっと失敗してきたなと後悔してるんですが……」

そこで突然。

「あなたもそうだろう」

A子の口調が変化した。声色もいつもの彼女とはまったく異なる、ざらついたような
トーンに聞こえた。

えっ、と助手席に顔を向けると。

「あなたも同じだ」

A子がこちらをまっすぐに見つめている。「あなた」という呼び方をされたのも初めて
だが、それ以上に驚いたのが眼球だ。

「あなたも失敗した」

先ほどまで普通だった白目の部分が、すべて黒に近い灰色になっている。

あまりのことに絶句しているうち、A子は低い声であることを告げた。

「あなたは――――に――――をしてしまった」

絶対に彼女が知りえない、坂野さんが隠し続けてきた秘密だった。

それがなんだったのか、具体的なことについて私はいっさい聞かされていない。とにか
く彼の人生における重大な失敗であり、家族などごく一部の人間にしか打ち明けていない

悔恨だった。A子はそれを、正確に事細かに言い当てたのだ。

「なんで……」

そう問いかけた時には、彼女はもう平然とした顔で前を向いていた。

あの灰色の目もいつもの状態に戻っている。そして後はなにを訊ねても、上の空のような返事を返すばかりだった。


その日以来、A子の様子は尋常ではなくなった。

通常のように振舞っている時もあるのだが、ふとした拍子に手のつけられないパニックに陥る。幾つもの人格がかわるがわる交代して、あらぬことを口走り続ける。

おそらくA子は心の病気を患っているのだろう。現代精神医療においてはなんらかの病名がつく症状なのは間違いないだろう。

しかし、ただそれだけなのか？

あの灰色の目と、自分の秘密を言い当てたこと。それは噂に聞くところの、悪魔がとり憑いた現象と一緒ではないだろうか？

いや、とにかく。それが病気と呼ばれるものだろうと、悪魔と呼ばれるものだろうと。

俺にできることは一つしかないんじゃないか？

日を追ううち、坂野さんにそんな確信が芽生えてくる。

そんな状況が一ヶ月も続いた頃。

「俺たちでA子をなんとかしなきゃいけない」

坂野さんは、また別の見習い仲間と相談を重ねた。その男性もエクソシズムという行為は一定の有効性があり、彼女を救うために悪魔祓いを試してみるべきだ、との意見だった。

とはいえ組織の上層部の許可を取るのは難しい。

二人は教会に誰もいなくなる日を狙って、A子を呼び出した。

見習い仲間には外で人が来ないよう見張ってもらい、坂野さんとA子が礼拝堂で二人きりになるよう手筈を整えたのである。

「俺がお前を救う。だから俺の話を聞いてくれ」

うつむいて椅子に座るA子にそう言ったとたん。

——バン！

礼拝堂の窓が激しく揺れる音がした。

鳩がぶつかったのかと思い、そちらに目を向けると。

バン！　バン！　バン！

やはり窓を叩くような振動音が連続して響く。しかし目視では外になにも見えない。明らかに小動物ほどのなにかが、ものすごいスピードで何度も何度も直撃しているのに。

「あなたにはなにもできない」

ようやくその怪音が止んだかと思うと、A子があのざらついた声を出した。

「あなたのすることはすべて失敗する」

冷や汗がにじみ、足がすくむ。それでも坂野さんは心を奮い起こして。

「お前はここにいてはならない。元のA子に戻してくれ」

十字架を握りながら、力強い声で説得を開始した。


対話は二時間以上にも及んだ。

「あなたでは無理だ」「ふざけるんじゃねえぞ」「もうやめて、いじめないで」

その間もA子の人格が次々と入れ替わっていく。灰色の目を向けながら、こちらの信仰を折ろうとしてくる。

「A子を助けたい。いや、それだけじゃない。お前たちのことも助けたいんだ」

しかし相手はこちらの言葉をなにも聞き入れず、坂野さんや彼女自身を否定しようと激しく罵(ののし)ってくる。

「あなたはあの時、——のことなんか考えず、————を失敗した。だから今、私を助ければ必ず失敗する」

またあの秘密について、あの痛烈な悔恨についての耳を塞ぎたくなる言葉が、A子の口から繰り出された。

「……お前たちは……」

しかし坂野さんはそれに毅然(きぜん)と立ち向かう。

「……お前たちは、長い間ずっと苦しんできた。疲れただろう、もういいんだ、休みなさい。神の国に帰りなさい」

悪魔か悪霊か、それともまた別のものなのか、それは分からない。とにかくそのものたちを憎むのではなく、心底から思いやってそう告げる。

「お前には無理だ！　お前には救えない！」

獣のような咆哮が轟いた。

まるでそれが合図であるかのように、坂野さんは無意識に立ち上がり。

「俺じゃねえ！　神がやるんだ！」

とっさにそう口走っていた。

牧師を目指すものらしからぬ雑で乱暴な言葉づかいの、しかし腹の奥底から湧き上がってきた声だった。

「やんのは神だ！」

十字架をA子の前に突きつけて。

「神がやるんだよ！」

三度目の叫びが教会に響きわたったとたん、A子の体が力を失った。

椅子から崩れ落ちた彼女は、そのまま床に倒れて昏倒した。

そして翌日から、A子の言動は徐々に回復していった。


「見よう見まねどころか、やり方すらいっさい知らずにやってしまった悪魔祓いなんですけど……」

とにかく仲間を救いたい一心で行動した。たまたま上手くいったからいいものの、若気の至りで無茶なことをしたのだと今では思う。

我々の他にはタイ語ばかりが飛び交う店内で、ソムタムを肴にレモンサワーを傾けながら、私は坂野さんの話を聞き終えた。


こうして彼は、牧師になったのだ。

確認

「おーい！　おーい！」

峰さんがいくら叫ぼうと、その声はむなしく消え去っていく。

視界に入るのはよく晴れた空と、すぐ脇の大木の葉。そして自分を囲む白い雪だけ。

なんとか這い上がろうとするのだが、上質な粉雪はさらさらと下へこぼれ落ち、手足を踏ん張るとっかかりがない。

「おーい！　誰か！　おーい！」


四十年前、二十代の峰さんは本格的なスキーヤーだった。

その日も朝から山形県のスキー場に一人で出向いていた。しかも斜面を滑走するアルペンではなく、平地や登りを滑っていくクロスカントリー。

しかし林道をゆく途中、一本の大木の前を通り過ぎようとしたところ、突如として体が真下にひきずられた。積雪が溶けて生じた穴にはまりこんでしまったのだ。

スキー場のコース内に樹木がある場合、フェンスで囲ったり木自体を除去したりするのが現在の常識だ。しかし昔はそのような処置をとらない施設も多かった。

木の根本では、そこだけ雪の少なくなる「根開き」「根回り穴」が発生する。黒っぽい木の周りの温度が高くなるから、幹の水分が雪を溶かすから、そもそも樹冠の陰になって積雪が少ないから、など幾つかの要因が絡まって起こる現象らしい。

さらにここ数日間の気候も影響していたのだろう。峰さんの体重により崩れた雪は、運悪くすり鉢状の穴を形成してしまった。

全身がすっぽりと隠れ、その周りを斜めに雪が囲む。アリジゴクの罠にかかった蟻さながら、上へ戻ることができない。

途方にくれながら、峰さんは「おーい！　おーい！」と上に向けて叫び続けた。

そうして、どれほどの時間が過ぎただろうか。

「おい！　大丈夫か！」

穴の外から男の声が聞こえた。

その姿は見えない。ただ少しして、仰いだ視界に一本のストックが水平に差し出されてきた。

ようやく助かったと安心した峰さんは「はい、います！」と応答したのだが。

直後、予想外の質問が返ってくる。

「ちゃんと生きてるよな！」

……なにを言っているのだろうか。

こんな大声を出しているのだから、きちんと意識があるのは明らかではないか。

「ちゃんと生きてるよな！」

戸惑っているうち、ふたたび男の声が響く。

「いや、まあ……」

上方のストックは横に倒れたまま、空中で不安定に震えている。まるで相手の望む言葉を与えなければ、すぐにでも引っ込みそうな様子で。

「ちゃんと生きているよな！」

とにかく正解を答えなければいけない。

「はい、生きてます。生きてますよ！」

一瞬ぴたりと静止したストックが、ゆっくり穴の中に入ってきた。急いでそれを両手で掴み、全体重をかけて雪の壁を駆け上がった。

外に立っていたのは、経験豊富そうな中年のスキーヤーだった。

まず丁重に礼を述べた後、峰さんは男に疑問を投げかけた。

「どうして、ちゃんと生きているかって聞いたんですか？」

男はスキー板を転回しながら、こちらに顔を向けず答えた。

「だいぶ前、大きな木の近くに滑り落ちた跡があるのを見つけたから、なにかと思って近づいたんだけどね」

穴の中から、悲鳴が聞こえてきたのだという。

おーい！　おーい！　助けてくれ！

そこで慌てて、先ほどのようにストックを差し入れた。

「でも……そこにいた人はどう見ても生きていなかった。それ以来、念のため確認するようにしているんだ。ちゃんと生きてるよな、って」

――あの、それって。

次の質問を投げかけようとした峰さんを無視して、男は力強くストックを突き立てると、雪道を颯爽と滑り去っていった。

古都の水底　団地

都市には「水の記憶」がある。

川や水路に蓋がされ、今では地下を流れる暗渠(あんきょ)の道。池や沼を干拓または埋め立てた住宅地。当たり前のように人が歩き建物が並んでいるが、かつては水場だったところ。

怪談とは、そうした水の記憶の残る土地でよく発生し語られる。私が長年にわたり各方面で言いつくしてきた主張なので、聞き飽きている読者も多いだろう。

そして古(いにしえ)の都である京都では、水の記憶もたいそう古い。


浦田さんが祖母から聞いた話。

祖母がまだ少女だった戦前の頃、京都の南側に住んでいたのだという。

祖母の父親、つまり浦田さんの曽祖父は宮大工の棟梁(とうりょう)だった。そのため弟子を慰労するための酒盛りを自宅で開くこともよくあったという。

ただ曽祖父は下戸(げこ)であり、一滴たりとも酒を飲めなかった。宴もたけなわ、弟子たちが浮かれ騒ぎだす頃になっても、曽祖父だけは酔いの愉楽に浸れない。

そんな時、曽祖父はきまって苛ついた様子を見せる。とはいえ宴会を止める訳にもいかないので、別の手段をとるしかない。

甘党の曽祖父はいつも、まんじゅうを食べ続けて苛立ちを紛らわせていた。その勢いはすさまじく、家にある分はいつもペロリと食べつくしてしまう。そうなると夜中であっても近くの菓子屋へまんじゅうを買ってこいと命令する。使い走りさせられるのは家の子どもも、祖母の兄弟たちだ。宴会のたび、こうした深夜のお使いが恒例となっていた。

その夜も伏見稲荷大社に関する仕事の打ち上げで、弟子たちを家に招いていたのだが。

「おい、まんじゅう買うてき」

布団に入っていた祖母が、いきなりたたき起こされた。

もちろんいつものお使いなのだが、この時だけは少し事情が異なっていた。

さすがに物騒なので、夜中の買い出し役はいつも男兄弟が二、三人で連れだっていく。

ただその夜は全員が不在だったので、少女の祖母だけで家を出ろと命じられたのだ。

夏の夜、祖母は暗闇に怯えながら菓子屋まで歩いていった。

既に閉店している店の戸を叩き、おばさんを無理やり呼び出す。またあの宮大工の子どもかと不機嫌な顔をしつつ、おばさんは残り物のまんじゅうを売ってくれた。

ひと安心した祖母が、さて家に帰ろうかと引き返した時である。

道路の周囲で、大勢の蛙(かえる)が鳴きだした。手元の灯り以外は暗闇に包まれる中、聞いたこともないほど大量の鳴き声が重なり響きわたっている。まさに轟音である。尋常な数ではない。何百、いや何千という蛙が騒いでいる。

耳を塞ぎながら歩くうち、頭の中で蛙の合唱が変化しはじめた。

ぐわぐわ、げこげことという単純な音だったものが、震える低音が微妙にズレながら重なり合ううち、もっと別の音に変わっていく。どこか人間の言葉に近いような。自分に囁きかけているような。もう少しで、なんと言われているか分かるような。

周囲の闇がうねうねと歪みながら、溶けていく。

——ぐい。

いきなり体が傾いて、我に返った。

なぜか自分は腰を落として頭を前かがみにして、右手を前に出している。すぐ目の前を暗い水が流れる。道の真ん中を歩いていたのに、いつのまにか水路の脇にしゃがんでいる。

右手を出している理由はすぐに分かった。

ぐい、ぐい。その着物の裾が、下から強い力でひっぱられているからだ。思わず水路を見つめるが、なんの影かたちも認められない。しかし裾に力が込められるのと同時に、水路がバシャバシャと大きく波立つ音がする。

川の中に、なにかがいる。

ぐい、バシャ、ぐい、バシャ。裾をひっぱる力がどんどん強くなる。祖母は腕を振り回し、なんとか離れようともがいた。

必死に抵抗するうち、裾をつかむ力がぱっと離れたのを感じた。慌てて振りむき駆けだそうとしたところで、泥のぬかるみに足をとられ、体がつんのめる。

そこで初めて周囲を見渡し、自分のいる場所がわかった。

歩いていた道路からも、自分の家からも離れた、広々とした水田に立っているのだ。この数年にわたり水を抜いて農地化しようとしている、広大な池の跡地に。

げこ、げこ。聞き慣れた鳴き声が、足元からかすかに響く。そこで彼女は確信した。

ここに自分を誘い込んだもの、さきほど自分の手を引っ張ったもの。

それは「蛙」なのだ、と。

私は京都を訪れた際、浦田さんとともにその怪談の現場を訪ねてみようとした。

ただし浦田さんも祖母の実家がどこにあったかは知らない。そこでエリアを広く取り、バスを乗り継いだり数十分も歩いたりして、二人で京都市南部をうろついてみたのである。

そうこうするうち、とある巨大な団地群にたどり着いた。

広大な敷地に、横に延びた十階以上の建物が幾つも並ぶ公営住宅。そこは私が今回の京都訪問で取材したく思っていた場所だった。

この土地はもともと巨大な池だったが、昭和初期から国営の干拓事業が行われ、農地として利用された。さらに一九七〇年代、京都市民に大量の住宅を供給する必要から、現在のマンモス団地が造成されたという歴史を持つ。

浦田さんの祖母が「蛙」に誘い込まれたのはここだったかもしれない、と私は想像した。祖母の体験は戦前期で、ちょうど池の干拓事業が行われ、水田が広がったタイミングと重なる。それまで池に棲んでいたナマズやウナギなど数十種類の魚たちは姿を消し、入れ替わるように大量の「蛙」がはびこっていたはずだ。

水場のヌシの交代劇が、浦田さんの祖母の体験に影響を及ぼしたのではないだろうか。とはいえ祖母が聞いたという声は、いったいなにを訴えていたのか。まったく意味不明の、言葉になっていない文言とはなんだったのか。

そこで連想してしまうのが、かつて起きた殺人事件だ。

とある冬の日、放課後の小学校の校庭で遊んでいた児童が、突然の侵入者によって刺殺された。犯人は自転車で逃走。現場には凶器となった文化包丁や金づちの他、犯行声明とおぼしき文書のコピーが六枚残されていた。

その犯行声明の最後に書かれていた謎の文言に、世間は混乱する。

「私を識別する記号→てるくはのる」

〝てるくはのる〟とはいったいなにを指し示しているのか。まるで暗号の謎解きのような見解が、週刊誌やワイドショーそしてインターネットに飛び交った。

だが結局、その謎が解かれることはなかった。事件から約五十日後、警察は容疑者を特定。二十一歳の当該男性が住むエリアへと向かった。

それがこのマンモス団地だったのだ。

敷地内の公園にて男性に任意同行を求めたところ、彼は突如として逃走。そのまま団地の屋上へと上り、飛び降りてしまったのである。

被疑者死亡により捜査は打ち切られた。京都地検は彼の犯行と認めた上で不起訴処分にしている。そして家宅捜索が行われ、犯人が教育について強い恨みを持つなどの様々な事情が判明したのだが。

〝てるくはのる〟の意味はいっさい不明のままだったのだ。

そして事件から一年後、またもやこの団地にまつわる怪談が語られた。

2ちゃんねるオカルト板「ほんのりと怖い話スレ」に投稿された書き込みである。既存のネット怪談なので簡単な要約だけを記しておくと。

やはり真冬のことだという。

深夜三時頃、車に乗っていた投稿者はこの団地の真ん中で信号待ちをしていた。そこで車の左右に、奇妙な人影を発見する。右の歩道からは十歳ほどの半ズボンをはいた男の子、左の歩道からは六歳ほどの女の子がこちらに近づいてきたのだ。

子どもたちは車の正面に立ちはだかり、二人そろってこちらにお辞儀をしだす。不自然な笑顔をはりつけたまま、何度も何度も頭を下げる。

凍えるような冬の深夜にもかかわらず、その息はまったく白くなっていない。

さすがに、おかしい。

投稿者がそう思った瞬間、子どもたちのお辞儀が止まる。そしてやおら、ボンネットの上に腹這いに登ってきたかと思うと、いっせいにフロントガラスを叩いてきたのである。

信号が変わった瞬間、二人は車からひょいと離れた。そのまま歩道のガードレールに並んで座り、またこちらを見つめながら何度も何度もお辞儀をしてきたのだという。

これもまた、相手がなにを訴えているのかがいっさい不明な体験談ではないか。

古都の水底　文化住宅

吉田さん、お久しぶりです。横森です。

このたび京都に来られるとのことで、案内したい場所があります。

西院(さいいん)駅近く、俺の実家のすぐ近所です。昔、そこに殺人犯が潜伏していたのです。

事件は三十年前に起こりました。大阪のマンションで四十五歳の女が再婚したばかりの五十二歳の夫を殺し、その遺体をバラバラにしたのです。なんと一年以上も発覚しなかったのですが、女はその間うちのそばの借家でも生活し、マンションと行き来していました。

その借家は残っています。嫌な雰囲気の袋小路にある、古びた家屋です。ただ女の羽振りはよかったそうで、近所の人に酒を奢ったり、嵐山(あらしやま)で人力車を借りて豪遊していたとか。あと道路にせりだした便所の前に、いつも女の飼っているシーズー犬がちょこんと座っていたのを覚えています。女はその家にも、夫の遺体の一部を持ってきていました。逮捕後、軒下に埋められた体の一部が発見されたそうです。

それと2ちゃんねるに事件当時の体験談が書き込まれています。残念ながら件(くだん)の借家ではなく殺害現場のマンションでの出来事ですが、面白い怪談なのでリンクを送りますね。

　——知人の横森君から、そんな連絡をもらった。

　その日のスケジュールは日帰りでの慌ただしいテレビ仕事だったが、西院であれば京都駅にも近い。どうにかして都合をつけ、収録終了後すぐに横森君の実家前で待ち合わせた。そのまま彼に現地を案内してもらうこととなったのだが。

　その前に、当該事件と2ちゃんねるの怪談について説明しておこう。

　投稿者の男性は子どもの頃に母を失っており、大阪某所のマンションに父と姉との三人で暮していた。隣室の家族もまた父子家庭で、妻に先立たれたばかりの「おじさん」と社会人の娘が二人。おじさんは投稿者たち姉弟によくお菓子を買ってくれたりと、家族ぐるみで仲良くしていたそうだ。

　しかし一九九五年十一月頃から、隣室に知らない「おばさん」が住みつきはじめた。結婚相談所で知り合った、おじさんの再婚相手だという。それと入れ替わりに娘たちは結婚して出ていき、隣室は夫婦の二人暮らしとなる。

　おばさんはこちらが挨拶しても無視するような、つんけんとした女だった。投稿者たちは彼女を嫌っていたが、おじさんは幸せだったのだろう。同じく男やもめの父に「再婚はいいぞ～」とノロけるのはまだ序の口。果ては「近所の人にも幸せをおすそ分けしたい」

と、自室で結婚相談所まで運営しはじめた。

しかし三ヶ月ほど経つと、おじさんの姿をぱたりと見かけなくなる。

病気なのか引っ越したのか。ただ、おばさんの方はよく近所でシーズー犬を散歩させているし、毎日のように美容室へ洗髪に通っている。またおじさんの娘が来ては「再婚相手が父に会わせてくれない。電話も通じないし、鍵も交換されて入れない」と嘆いていた。

怪訝に思っているうち、隣室からおかしな物音が聞こえるようになった……。

――と、これ以上はネットからの引用が過ぎるので、残りは原文をお読みいただきたい。

要約だけ記すと、隣室から響いてきたのは「ガンッガンッ」という硬いものを叩く音。

「ウ～ア～ゴボゴボゴボゴボ」という甲高い声でうがいしているような音。不審に思った父親が隣室のおじさんを数度にわたり訪ねてみても、返ってくるのはいつも同じ言葉。

「ああ！　すみません！　×××なんで～！」

確かにおじさんの声ではあるのだが、肝心の言い訳部分がいつも聞き取れない。

そして冒頭で述べたとおりの殺人事件が発覚する。

隣室から発見されたのは、バラバラに刻まれたおじさんの遺体。白骨化した頭と手足の一部がバスルームに。ポリ袋に入った内臓が、電源の切れた冷蔵庫の野菜室に。鍋と炊飯器には、煮込まれた肉が放置されていた。

犯人の「おばさん」はどこかに遁走していた。それもおじさんの体の大部分とともに。

投稿者たち家族はすぐにそのマンションを引っ越した。

この期に及んでもまだ、例の物音が隣室から聞こえてくるからだ。

……ガンッガンッガンッ……ウ～ア～ゴボゴボゴボゴボ……

さすがにそれ以上の異変は起こらなかったが、引っ越しが完了するまでの一ヶ月、家族は怯えて暮らしていたという。いつ、おじさんの声が響いてくるか分からなかったから。

「ああ！　すみません！　×××なんで～！」


不気味ながらも、どこか切ない怪談である。ただし事件について詳しく調べたところ、先述の体験談には時系列において間違っていた箇所があったので適宜訂正させてもらった。

以下は私の調査と現場訪問の報告となるのだが。

犯人の「おばさん」には殺人の前科があった。

一九八一年、借金を断られたことに激高し、従妹をめった刺しにして殺害。懲役十三年の実刑に服している。冷徹な殺人鬼タイプというより、無計画で金遣いの荒い見栄っぱり、極度に熱しやすく冷めやすい人格破綻者だったのだろう。

ささいな口論から「おじさん」を刺殺した上、その解体作業も途中でほうり投げてしまう。そしておじさんの保険の解約金を使い、京都・西院にて放蕩生活を送っていた。

そんな彼女をかばって、殺された当のおじさんが自らの遺体を解体し、他人を部屋に入れないよう頑張っていたのだろうか。あの物音はなんだったのか。おじさんの「×××なんで～！」とはいったい、どんな言い訳をしていたのだろうか。

横森君は大阪の現場マンションを訪れ、写真を撮ってきてくれていた。それを見ると、問題の号棟だけ外壁が灰色に塗り替えられている。大きな騒ぎとなった事故物件が外装を変えるのは、よくあることだそうだ。

西院の借家は、その怪談現場ではない。ただし「犯人がなぜそこを隠れ場として選んだか」についても注目すべきだろう。横森君の案内で、問題の家屋を訪れてみた。

そこは平屋のさびれた文化住宅だった。言葉を選ばず言えば、もはや廃屋同然である。敷地内にはコンクリートが雑に流し込まれ、その割れ目からあちこち雑草が飛び出している。犯罪者の潜伏場所とするには、出来過ぎなほどピッタリの舞台だ。

また驚いたのは、事件当時の報道写真と比べて、現在の様子がまったく変わりなかった点である。まるでこの一画だけ、ずっと時が停まっている異空間のようだ。

「京都市民でも、ここが犯人の潜伏場所だと知る人はほぼいないと思います」

ただこの区画に住んでいる近隣住民たちだけは、怪しげな噂を囁いていたという。

曰く。

――犯人は毎日のように、鍋で遺体の肉を煮込んでいた。

――しかもその肉を、この家で飼っていたシーズー犬に食べさせていた。

「俺の父親も、同じことを呟いてましたね。どこまで本当かは知りませんが、父は完全にそれが事実かのように断定してました」

犯人逮捕後には、実際に軒下から遺体の一部が発見されている。山林に埋めた分もあるとはいえ、この文化住宅にバラバラ遺体の各部位が保管されていたことは確かだ。

となると、根も葉もない噂だとは言いきれない部分もある。

横森君がよく見ていたという白いシーズー犬は、いつも家の外の便所前に座り込んでいた。確かに現場を見てみると、道路にせり出すような不自然なかたちで汲み取り便所が増設されている。その前には雑に流されたコンクリートがでこぼことした地面をつくっている。おそらくその真下は汲み取り便槽の穴が空いているはずだ。

その犬はなぜ、こんな座り心地の悪そうなところにずっと居座っていたのだろう。

とはいえ、こうした情報はごく一部の近隣区画で流れていただけ。そのおかげか、この文化住宅が心霊スポット扱いされるような事態には至らなかった。

「このあたりで心霊スポットと言われるのは、すぐ近くの『魔の踏切』です」

それは私も知っている。西院駅の先の「M踏切」とその隣、歩行者専用の小さな「N踏切」だ。前者は全国ニュースにもなる大きな自動車事故が、後者では人身事故が多発している。私自身、これら踏切にまつわる実話怪談を採集し、書籍で発表したこともある。

戦前の地図を参照すると、当時の旧天神川（てんじんがわ）は両踏切と接していた。昭和期の改修工事で西側に一キロ弱ずらされたが、それまでは蛇行する川筋が件の踏切前まできていたのだ。

つまりM踏切とN踏切にまつわる怪談現場もまた「水の記憶」にたどりつく。

そして今回の調査で分かったことがもう一つ。旧天神川の流れを北上した先が、まさにこの文化住宅へと行き着いたことだ。さらに言えば、その川筋が今よりずっと太かった明治期以前には、この敷地一帯は完全に水底に沈んでいた場所だったのである。

それを無自覚に察したからこそ、おばさんはここを潜伏場所として選んだのではないか。

おばさんは軒下の土を掘っておじさんの体を埋めた。またおそらく汲み取り便槽にも、切り刻んだ遺体を流していただろう。おじさんの肉を食べたと噂される犬が、いつも便所の前に座っていたのはそのためかもしれない。

そしてその家の周りには、かつて大きな天神川が流れていた。

おばさんは、遺体も罪もすべて、過去の川に流してもらいたかったのではないだろうか。

手続きとかで

「よお久しぶり、実は昨日、親父が亡くなったんだ」

本田さんの携帯電話の向こうで、タケルがそう告げた。

本田さんとタケルは中学時代からの友人。相手ご両親とも仲良くしてもらい、もう一つの家族のような関係性だった。

三十代となった今、仙台に残ったタケルと東京で働く本田さんとは疎遠になってしまったが、たまに連絡を取りあう関係は続いていた。

そこで届いたのが、彼の父の訃報である。

「葬儀は三日後かな。お前は忙しいから来なくて大丈夫だけど、一応知らせようと思って」

本田さんは電話口で涙し、迷うことなく即答した。

「明日そっちに向かうよ」

翌朝の新幹線へ乗り込んだ時も、混乱は収まらず頭の中がぐらぐら揺れていた。

新幹線が福島の田舎道を走行中、仙台銘菓「萩の月」の看板が目に入ってくると。

――なんだあ、ここ福島なのに、萩の月の看板なんておかしいよなあ！

昔、タケル一家と日帰り旅行をした際、そう笑い合った記憶が蘇った。

隣の座席から見えないよう、窓を向いてひたすら泣いた。三十代のおじさんが大泣きしていたら他の客が怖がるよな。そう思いつつも、溢れる涙が止まらなかった。

最寄駅でタクシーを拾ったところで、なんとか泣き止むことができた、というより涙が枯れ果ててしまった。

タケルの家の前でタクシーを降り、ハンカチでしっかり顔を拭く。一呼吸おいてからインターフォンを鳴らすと。

玄関を開けたのは、タケルの母親だった。

「きゃあー！　久しぶり！　本田くん来てくれたんだねぇ」

昔と変わらぬ、明るい嬌声で出迎えてくれた。

「お父さんは今、手続きとかで忙しいから会えないんだ！　ごめんねぇ」

ああ、いつもの元気なお母さんだなあ。ずっと変わらないんだなあ。

そう思いつつ家に上がる。

「なんだ、もう、入ってきたのか」

暗いような優しいような、なんともいえない表情のタケルがリビングから出てきた。

「うん？　うん……お悔みもうしあげます、と言うのか。こういう時は」

「ありがとう、じゃあさっそくだけど親父に会ってくれよ」

「え？　今、会えるのか？」

「ん？　別に他にお客さんもいないから、大丈夫だけど」

葬式の手続きで忙しいのに悪いな。そう思いつつも口に出さず、タケルの案内で和室に向かった。棺に入った彼の父に対面し、手を合わせ、少し離れた位置に座りなおす。

ずっと激しく乱れていた気持ちが、すうっと落ち着いていくのを感じた。

その瞬間、ようやく気がついた。

タケルのお母さんはもう死んでいる。

自分たちが大学生の時、白血病で亡くなっているのだ。


——お父さんは今、手続きとかで忙しいから会えないんだ！


なぜそんなことを伝えてきたのか。その言葉の意味は分からない。

ただ、涙がもう一滴だけこぼれた。

孤独死物件

また本田さんから教えてもらったのだが、タケルはタケルで奇妙な出来事に遭遇しているそうだ。

仙台住まいのタケルは、宮城県の不動産管理会社に勤めている。ふだんの仲介業とは別に、自分の担当エリアでお年寄りの孤独死があった場合には確認作業も行う。清掃業者を入れる前に、建物や部屋内部がどれだけ汚損・破損しているかの写真を撮らなくてはならないのだ。

コロナ禍が猛威を振るっていた頃のこと。

その朝、タケルは自宅から車に乗り込み、現場へ直接向かった。昨日の時点で、担当エリアの木造一軒家での老人の孤独死が判明していた。たまたまそこが通勤ルート上だったため、朝イチで作業をこなしてから出社するつもりだったのだという。

件の一軒家にたどり着くと、タケルは植木鉢に隠しておいた鍵で中に入り、各部屋の写真を撮った。遺体が寝ていたポイントにも特に目立った汚れはなく、全体的にまったく普通の独居老人の家だった。

ひと安心したタケルは、その旨の報告書をまとめようと家を出た。そして事務所に帰るつもりで車のエンジンをかけたところで。

どこか別の場所に立っている自分に気づいた。

わざとらしいまでに明るい蛍光灯に照らされる中、木材の精油の匂いが鼻をつく。

……ホームセンターだ。いつのまに俺はホームセンターなんかに来ているんだ？

そんな驚きとは裏腹に、体は勝手に先ほどまでしていたであろう動作を続けた。手に持っていた商品を棚に戻し、腰を屈めてまた別の品を検分する。

……ああそうか、俺は今ホームセンターでなにかを探していたんだっけ。

そこはロープ売り場だった。ぼんやりとだが、自分はなるべく頑丈なロープを探していたような気もする。

……ロープ？　ロープをなにに使うんだっけ？　でも必要だから買おうとしていたんだよな……。

それ以上は疑問を膨らませることなく、なにかに使うのに最適かと思われるロープを購入したタケルは、駐車場の車に乗り込んだ。車の時計を見ると、あの一軒家を出てから二時間近くが経っていた。

そこでまた、記憶がぷっつりと途切れる。

次の瞬間、耳をつんざく爆発音にて我に返った。

「うわっ！」

驚きのあまり両耳を塞ぐ。周囲を見渡すと、そこは自宅の和室であり、自分は正座して座卓に向かっていた。窓の外は、もう夕暮れの気配が漂っている。

卓上には墨で文字が書かれている半紙と、娘の習字セット。そして天井からはロープがぶら下がっていた。

……はあ？　なんで事務所に行かずに帰宅してるんだよ。しかもなんためにお習字なんか……。

半紙の墨文字は明らかに自分の筆跡だった。手に取り読んでみると、保険や金銭面の手続き、自分の持ち物の整理について、そして妻子に宛てた謝罪の言葉が書き連ねてある。

遺書に違いなかった。

この件について、タケルは家族にも同僚にもなるべく隠すようにしていた。とはいえやはり自分の謎の行動がひっかかる。日を追うごとに気になってならない。

そこで一週間後、事務所の社長に自らの体験を説明、相談してみたところ。

とたんに険しい顔となった社長から、次のように詰められた。

「君、その日は有給を取っているよね? あと、例の物件であろう報告書なんだけど、データファイルがタイトルだけで空だったぞ」

状況が理解できないタケルは、自らの報告書をパソコンで確認してみた。

そこには「さんt…くる。―とはせり、、」など意味不明な文章が記されており、二十枚以上あったはずの添付写真のデータはほとんどがクラッシュしていた。

かろうじて確認できたの三枚だけ。

一枚目は、本尊も位牌もない仏壇の写真。

二枚目は、畳の上に折り重なるように置いてある七枚の遺影。

いずれも撮影した覚えがないし、仏壇も遺影もあの家では見かけていない。ただし当日の奇妙な行動からして、自分がこんなものを撮っていないと断言することもためらわれた。

しかし三枚目の画像だけは、あまりに不可解なのだ。

和室を全体的に捉えた風景。

その真ん中で、無表情でたたずむタケルの全身写真。

これはいったい、誰が撮影したというのだろうか。

黒い筒

私の怪談によく登場する、マサタカさんから聞いた話。

彼は最近、八十歳の元精神科医師が主催するホームパーティーに参加した。仮に井上先生と呼んでおくが、老齢で引退したとはいえまだ気力体力ともに旺盛。教養と経験と品性とを兼ね備えたインテリなので、とても興味深い話ばかりが聞けたそうだ。

そんな席でも、怪談マニアであるマサタカさんの取材欲は揺るがない。なにか不思議な体験はないですかと水を向けたところ、井上先生は微笑(ほほえ)みながらこう答えた。

「ありますよ。それこそまさに私自身が精神科医としてやっていく決心のついた体験です」

そしてその体験は二つあるんですよ、と。

井上先生は、祖父の代から続く医師の家系に生まれた。そのキャリアをスタートさせたのは某地方の精神病院で、院長は彼の父親だった。

三代目の気楽さといおうか。西ドイツに留学させてもらった後、さほど苦労もなく医師になれたのである。

「だから正直、最初は精神科のお医者さんということに対して、あまりやる気が出ていなすごく不思議で深いものなのだ、と思い知らされる出来事が。

しかし三十歳になるタイミングで、ある二つの出来事が起こった。人間の精神とはもの

かったんです」

一九七〇年代半ば、井上先生が三十歳になったばかりの時。

私自身も仕事で調べたことがあるが、この頃は日本の精神科病棟・病床数が大幅に増えていく時期だった。

大正時代、呉秀三らの提言によってかねてより問題視されていた「私宅監置」(いわゆる座敷牢)が見直されることに。戦後の一九五〇年には、精神衛生法の施行によって私宅監置が禁じられ、入院措置へと移行する。

そのため精神病院の数は五〇年代~八〇年代にかけて激増し、一九七九年に三十万床に到達。以降は現在まで三十万規模を維持し続けている。

日本の精神病床数は世界一といわれている。また七〇年代当時は窓に鉄格子をはめているような閉鎖病棟が数多くあった。

それは地方のさほど大きくない街にあった井上病院でも同じだ。いやむしろ地方都市の郊外にこそ、閉鎖病棟が広まっていくような時代だったのである。

当時、井上病院の閉鎖病棟には、山田さんという患者がいた。

壮年にさしかかるほどの男性で、ふだんはとても大人しくコミュニケーションもそれなりにとれる。ただ時おり発作のように暴れることがあったため、個室に入れる必要があったようだ。

「井上先生、山田さんがお呼びですけど。なんだかで折り入って話があるとか」

ある日、スタッフからそう連絡された井上先生。

「は？　どういうこと？」

「わかりません。ただ絶対に二人きりで話したいとのことで」

なにがなにやら皆目見当もつかないが、患者の要望とあれば仕方がない。言われたとおり、一人きりで山田さんの部屋を訪ねてみたところ。

「先生、お父さんの代から本当に長らくお世話になりました」

今日はずいぶん容体が安定しているようで、山田さんはおっとりした笑顔とともに丁寧な礼を述べてきた。

「いえいえ。どうかされましたか？」

「すいませんが、是非とも先生に聞いてもらいたい話があるんです」

山田さんはベッドの上に座り直し、半ば閉じた眠たげな目を向けてきたかと思うと。

「実は私、この病院に入る前にですね、人を殺しているんですよ」

穏やかな声で、そう告白してきた。

「ご存知かと思いますが、あの事件です」

山田さんが口にしたのは、かなり昔に発生した殺人事件。先生も知っている有名な未解決事件だった。

ただし山田さんは詳細な一部始終を語ったわけではない。彼がはっきり告げたのはただ一点についてのみ。

「……その犯人が山田さん、ということですか?」

「はい。私が殺しました。今日はそれだけ伝えたかったんです」

山田さんは静かに目を閉じて黙りこんだ。井上先生もかける言葉が見つからないまま、病室を後にするしかなかった。

……そんなことを言われても、俺はどうすればいいんだ?

井上先生はそれがなんの事件だったかについては、かたく口を閉ざしている。なので話を聞いたマサタカさんも、もちろん私もいっさいの情報を知らされていない。ただ先生の口ぶりからして、おそらく当時まだ時効を迎えていなかった事件かとは推察できる。

警察に連絡したほうがいいのだろうか? しかし医師としての守秘義務は絶対の倫理で

ありルールである。だが殺された人の無念、遺族の気持ちはどうなんだ？　いやそもそも山田さんの告白が嘘か本当かすら分からないではないか。

くそっ、ちくしょう。真相がどうあれ、なぜ俺がこんな重大な決断を任されなければいけないんだ？

まだ若く、医師としての経験も積んでいない先生はひどく悩み、混乱した。

そして彼の懊悩（おうのう）は、翌日からさらに加速していくこととなる。

同日夜に、山田さんが亡くなってしまったからだ。

心筋梗塞による急死だった。なんの兆候もなかったのに、重大な秘密を打ち明けたことが死を迎え入れたのだろうか。またはもうすぐ死ぬことを強く自覚したからこそ、例の告白をしたのだろうか。

こうなった以上、彼の言葉が嘘ではなかったと判断せざるをえない。そして当人が死亡したため、この事実を抱えるものは自分一人だけになってしまった。

こんなのは辛すぎる、俺には抱えきれない。警察に打ち明けてしまえばいいのか？　しかし俺は医者なんだぞ？

もうこのままでは壊れてしまう。

悩みに悩んだ井上先生は、とある決断をした。

院長であり精神科医の先輩である父親に相談したのである。

山田さんが死ぬ直前こんなことを打ち明けてきた。そもそもこの告白を信じますか、と問うてみたところ。

「信じる」

父は即答した。続けて、自らの信念を息子へ教え諭してきたのである。

「人生にはどうしても仕方ないことがある。忘れたくても忘れられなくて、しかし誰にも話さず、話せず、ひたすら抱えて生きていくしかないことがある。山田さんもそうだったんだろう。しかし山田さんは死ぬ間際、お前にだけ真実を吐き出した。その代わりお前がそれを抱えることになった。そしてお前は今、俺にそのことを吐き出した。それで終わりだ。この真実については、もうどこにも吐き出すな」

これは医師の守秘義務というルールについて述べているのではない。我々が生きていく上で、どうしても様々なものを背負わなくてはいけない宿命について話しているんだ、と。

父の言わんとすることは理解できる。だが井上先生はもはや医師としてではなく、親を前にした子としての弱音を吐いてしまった。

「でも辛いよ……そんな大きなものを一生背負うなんて、辛すぎるよ！」

息子の涙で滲んだ瞳をしばらく見つめた後、父は。

「これはお母さん以外の誰にも言っていないことだが……」

どこまでも低く、重い声を発した。

「俺は戦争に行っていた時、大陸で四人斬ったんだ」

しばらくの間、壁掛け時計の駆動音だけが響いた。

「それは……人を殺したということですか」

ようやく井上先生が絞り出すように問いかけたのだが。

「四人、斬ったんだ」

父はそれ以上のことはなにも答えず。

「とにかく、人間にはどうしようもないことがあるんだ。なにかを抱えて生きていかなくてはいけないんだ」

とだけ言い残し、黙ってしまった。


口数の少ない父から彼の人生について語られたのは初めてだった。しかもそれは山田さんと同じような秘密。断言せずとも明らかに、人の命を奪った事実を打ち明けてきたのだ。

どのような事情だったかは分からない。戦闘員ではなかっただろう父が、またそれ以上にあの温和な父が、いくら戦争とはいえなんの理由もなく人を殺すはずがない。

しかしあれだけ苦悩しているということは、おそらくその四人とは兵士でなく民間人だったのではないか。

とにかく父は、彼にとって最大の秘密を自分に打ち明けたのだ。それを受け取った井上先生はなんとか心を持ちこたえ、仕事に復帰することができた。

それから少し経った夜のこと。

ベッドで寝ていた井上先生は、突然の重みに目を覚ました。仰向けの自分の上に、なにかが乗ってきたのだ。

とっさに瞼を開く。すぐ目の前にあったのは、自分を覗きこむ黒い顔だった。

小さな目、ひしゃげた鼻、こちらを向いた巨大な耳。大きく開かれた口には、牙が生えている。

毛に覆われた黒く巨大なその顔は、コウモリにしか見えない。

だが同時に、これは人間の女であると、なぜかとっさに確信してしまった。

女は悲しげな顔でじいっとこちらを見つめる。馬乗りになられているせいか、体がいっさい動かせない。ひたすら顔をひきつらせ、声にならない悲鳴を吐くことしかできない。

すると女は、なにか黒くて細長い筒のようなものを、そのひしゃげた鼻の前に掲げた。

そして黒い筒を縦にし、底にあたる部分をこちらの目に押しつけてきたのである。

冷たい感触に思わず両目を閉じると。

「目をあけて、見て」

すぐ耳元で、女が囁いた。

言われるがまま、筒を当てられた左目を開く。しかしその先はただ黒く潰れた闇があるだけ。

「なんだと思う？」

女が訊ねる。本当に何も見えないのだが、筒の底がより強く押し当てられていくのを感じる。ぐう、ぐう、と左目の周りが陥没（かんぼつ）していく。

「わかんねえよ！」

渾身（こんしん）の力をこめて、怒鳴り声をあげた。

そこで目が覚めた。ベッドの周りに異変はなく、朝の光が窓から差し込んでいる。

なんなんだ、今の夢は。井上先生はこわばった体を起こし、額の汗をぬぐった。

そこで床下の一階から、ひどく騒がしい声や物音が聞こえてきた。なにごとかと二階の部屋を出て、階段から下を窺ってみる。その真下には、実家で同居している姉が青ざめた顔で立っていた。

「姉ちゃん、なんかあったのか？」

姉は二階の井上先生を認めると、無言で手招きをし始めた。そこにまた母親も現れ、上階を見上げながら声を震わせた。

「お父さん死んじゃった。お母さんが起こしにいったら、もう冷たくなってた」

直後に到着した救急車によって病院へ運ばれたが、父は既に死後数時間が経過していた。やはり突発的な心筋梗塞という、山田さんと同じ診断が下された。

そこから葬式やあらゆる手続きなどに追われる、慌ただしい日々が続いた。なんとか落ち着いた頃、父の遺品整理をしていた井上先生は、あるものを発見する。

古ぼけた万華鏡。煤かなにかで表面が黒ずんだ、アンティークものらしき万華鏡だった。色といい形状といい、あのコウモリ女の夢に出てきた黒い筒を想起してしまう。

……まさか……。

中を覗きこんでみたが、黒く汚れていて不分明である。それでも回転に合わせ、カチャカチャと赤や緑の模様が組み合わさっていくのがうっすら見て取れた。

どうしても気になった井上先生は、その万華鏡を古物商の知り合いに預け、クリーニングと鑑定を行ってもらうことにした。

後日返却されたそれは、銀色にくすんだ真鍮(しんちゅう)製の、おそらく一点もののハンドメイドだろうと判断された。

清掃された内部を覗いてみれば、色とりどりのガラスと鏡の工夫により、微細で華麗なパターンが展開していく。

また真鍮の外部には小さな龍の模様がいくつも彫りこんであったのだが。

その表面の一部に、文字のようなものも刻まれていた。

漢字のようだが、なんと書かれているかまでは判別できない。クリーニングしたとはいえ、経年劣化で上手く読み取れなくなっているのだ。

そこで先生は拓本を行った。水で濡らした専用紙を万華鏡に貼りつけ、墨を付けたタンポで叩く。そうして写し取られた文字を読んでみると。

「康から娘に送る」

中国語の繁体字で、そう書かれていることが分かった。


そこで確信した。

戦時中の大陸についての、父の告白。あのコウモリのような女。それが差し出してきた黒い筒。そして父が急死したこと。

全てが繋がっている。

父が斬ったという四人。そこにこの康という人物が含まれているはずだ。もしかしたら、万華鏡を贈られた娘も。

康という人物が父親なのか母親なのか、または両親ともを指しているかは分からない。

いずれにせよ、あの夜現れた女は、母親である康か、もしくは彼らの娘だったのだろう。

――人間にはどうしようもないことがあるんだ。なにかを抱えて生きていかなくてはいけないんだ――。

この時、井上先生は女の正体を探ることよりもむしろ、父親の心の動きの方に惹きつけられた。

父さんは、俺という子どもを持つことに葛藤があったのではないか。

自分は上に姉貴がいて、待望の長男だったらしい。でも父さんは同時に、俺が生まれたことを怖れたのだろう。たいへんな罪悪感をもったのだろう。

万華鏡に彫られた文字を見れば、それが手に取るように分かる。

なぜなら。

井上先生の名前は、ヤスシという。漢字は康。康と書いてヤスシと読むからだ。

甘い果実には甘い果実を　1

井上先生が二つ目の話を語りだす。

先ほどの出来事より少し前、先生が二十代の終わりを迎えていた頃である。

知り合いのスナックの陽子ママが、店のホステスであるエミちゃんに引っ張られるようにして受診にきた。

「先生！　ママさん、覚せい剤やってると思うんですよ！」

エミちゃんの言葉に、ママは困惑した笑顔を見せる。

「もう、そんなことないから……本当にすいませんね」

確かにその素振りからは覚せい剤中毒の兆候は見られない。念のため尿検査も行ってみたが、反応はいっさいなし。

「まあでも確かにね……私の調子が悪いからエミちゃんも心配しちゃって」

雑談まじりの問診をしてみると、ママもなにやら事情を抱えているようだ。寝不足とお酒のせいかもしれないというので、内科にはかかっていないのか訊ねると。

「行ってるわよ。最近お酒が弱くなっちゃったから、胃薬をもらいに」

……ほらあそこの一年前くらいに新しくできたところ。そこで出してもらった胃薬が相性よくて、飲み過ぎでただれた胃がみるみる元に戻ったんですよ。先生もカッコよくていい人で看護婦さんも美人だし、話聞くのが上手いのよ。私いつも客の話ばっかり聞いてるから、たまに自分の話聞いてもらえるとすごく楽になって、先生に独身なんですかって聞いたら独身って言うから、看護婦さんとお二人付き合ってて恋人同士で病院やってるのかと思ったなんて言ったら、いやいやそうではないですって否定されちゃって……。

一人勝手にしゃべり続けた陽子ママは、そこでため息をついた。

「胃はすっきり治ってるのに、変なものを見るのよ」

自分の家で寝ているど、寝室の隅に夫が横たわっていたのだ、と。そんなはずはない。夫はダメ人間の風来坊で、ずっと昔に家を出ていったまま音信不通になっている。しかも横たわった頭からは、どくどくと血が流れているのだ。

「あんた、なにやってんの！」

もちろん最初はひどく驚いた。しかしこちらの呼びかけに、相手はまったくの無反応。

「ああこれは幻覚か、と気づいて無視することにしたのね。でもね、それがね、続くのよ」

トイレの戸を開けたら、便座に夫が座っている時もあった。やはりその頭からは血が流れている。

スーパーで「小麦粉、高くなったわよね」と品出し中の店員に話しかけたら、振り向いた顔が血まみれの夫だということもあった。

もしかしたら夫はどこかで野垂れ死にしていて、化けて私に会いに来ているのかもしれない。そう思ったのでつい先日、近所の神社にお参りしようとしたのだが。

石段の手前でふと顔を見上げると、鳥居の上に夫が座っていた。血の流れる頭を前にかがめて、こちらをじいっと見下ろしていた。

さすがに気が遠くなって、その場から逃げるように立ち去った。そのまま店に戻って自分が見たことをまくしたてると。

「ママ、覚せい剤やってない？」エミちゃんにひどく心配された。「どっちにしても精神科のお医者さんに診てもらおう」と説得され、この病院に連れてこられたのだという。

……あまり聞いたことのない症状だな。

疑問を感じた井上先生だが、今なにか特別な対処をすべきとも思えない。

「とりあえず睡眠薬を処方して様子を見ましょう。薬が切れる頃に通院してくださいね」

結論から言うと、陽子ママがその後に来院することはもう二度となかった。

またしばらくして、今度は高橋さんという女性が受診にきた。地元で有名な縫製工場の社長夫人だが、彼女の主張もまた特殊なものだった。

「先生、とてもじゃないけど私、耐えられない」

……死んだはずの犬が布団の中に寝てるんです。私が前に飼っていた犬ですけど、もうとっくの昔に亡くなってるんです。でもそれが血まみれになって寝てるんですよ。ええ、幻覚だとか妄想だというのは分かってるんです。でも他にも色々と……。

「全部聞きますよ。他にはどういうことが？」

私、銭湯が好きなんでよく行くんですよ。でもこの前、銭湯の前にいったら野良犬が十匹もいて、私を通さないようにしてるんです。困ったわと思ってよく見ると、その中に死んだ犬がいるんです。やっぱり血まみれになって、私をじっと見つめてるんですよ。それで思わず逃げちゃって。これも幻覚なのは分かってるんですよ。もう一度銭湯に引き返してみたら、犬はみんないなくなってたし……。

そこまでなら我慢できたんです。幻覚だから無視すればいいんだって。でも、もうどうしても耐えられない。

このところずっとお風呂に入るたび、バスタブにいるんです。血まみれの犬が、ぷかあってお湯の下から浮かんでくるんですよ。いつもいつも必ず。もう湯船に浸かれないし、お酒の量も増えちゃって、最近はずっと飲まなきゃやってられないんですよ……。

「なるほど……」

これはなかなかの重症だな、と井上先生は思った。

「とりあえずぐっすり眠ってください。経過を見たいのでまた来てくださいね」

やはり陽子ママと同じ睡眠薬を処方することにした。ただ念のため、併用している薬をチェックする必要がある。

「高橋さん、喘息(ぜんそく)の薬だけですかね?」

「はい、あと胃薬ですね。あの先生、お酒も飲んでいいですか?」

「まあいちおう飲酒してもいい薬ですが、飲み過ぎには気をつけてくださいよ」

「はい、家では飲みませんから。お酒はいつも陽子ママのお店で。だからママに、飲みすぎないよう注意してもらえるし」

「ああ、そうですね」

「そうそう、陽子ママに最近できた内科のお医者さん勧められて。彼女と同じ胃薬もらったんですが、それが飲み過ぎによく効くんですよ。まあ、だから逆についついお酒が増えちゃうんですけどね」


……なにか変だよな。

高橋さんが帰った後、井上先生の中で違和感が膨らんでいった。

この前の陽子ママと、先ほどの高橋さん。こんな地方の小さな街で、やけに似た幻覚を見ている人が身近に二人もいる。

そもそも精神病において幻覚を見てしまう症状は少ない。幻聴ならまだしも、二人が主張するほど明確な幻視はかなり珍しいはずである。

院長である父親にも相談してみたが、やはりこんな事態は聞いたことがないという。

しかし陽子ママに続き、高橋さんもそれ以来通院してくることはなかった。症状が寛解したということならいいのだが……。そう心配していたところ。

突然、病院に警察がやってきた。

「あそこのスナックの陽子さん、先生のところで受診されてますよね」

彼女、数日前に自殺しましたよ。

第一発見者はエミちゃん。店に来ないことを心配して家を訪ねてみたら、ママの死体が横たわっていたのだという。ナイフで自分の喉をついた、血まみれの姿で。

「え……刑事さんがこちらに来たってことは、他殺かもしれないってことですか？」

「いや、自殺なのはおそらく間違いないんですけどね」

死亡状況が異様なので、家宅捜索が行われた。すると家の押し入れから白骨死体が出てきたのである。死後からだいぶ月日が経過しているが、おそらく失踪していたという夫の可能性が高い。

「陽子さん、最近幻覚を見ていたと聞いたので、先生への事情聴取にきた次第でして」

とにかく知っていることをすべて警察に伝えた後、井上先生はエミちゃんに連絡をとってみた。

「大変なことになったね」とお悔みを述べるとエミちゃんは。

「先生に診てもらった時、私は陽子ママが覚せい剤やってないか疑ってたでしょ。あれ、実は理由があって」

スナックの常連に達夫という客がいた。彼とママは、どうも長きにわたって男女の関係を続けていたようなのだが。

「その達夫が、ずっと覚せい剤やってたので」

「ああ、なるほど……。でも、そいつは今どこに？」

「数ヶ月前に蒸発しちゃったんで分かりません。でも多分、もう死んでると思います」

なぜなら達夫がラリっている時の口癖が「陽子の旦那に殺される」だったから。

……これはちょっと、まずいな。

エミちゃんはそれ以上なにも言わなかった。しかし彼女が言外に匂わせていること、そしてこの状況を鑑(かんが)みると、辿りつく結論は一つ。

旦那さんは、陽子ママと達夫に殺されている。

また高橋さんのことも思い出した。こちらは直感に過ぎないが、それでも自分の中では確信に近いものがある。

——おそらく高橋さんは、自分の犬を殺しているのだろう。

だから陽子ママと同じように、血まみれの犬を見てしまっているのではないか。

そこでもう一つ、気になることをエミちゃんに質問してみた。

すると彼女は不思議そうな顔をして、こう答えたのだった。

「はい……あの内科の病院をママに紹介したの、達夫でしたよ。まだうちの店に入りびたってる頃は、あそこの胃薬をよく飲んでました。でもなんで先生がそんなこと知ってるんですか？」

甘い果実には甘い果実を　2

これは本当にまずい状況になった。

陽子ママも達夫も高橋さんも、全員があの病院に通って、同じ胃薬をもらっている。そして同じ幻覚を見ているか、もしくは本当に血まみれの亡霊と会っている。陽子ママは自殺し、達夫もおそらく死んでいて、高橋さんもこのままでは命の危険がありそうだ。

そんな思考が勢いよく展開し、井上先生はいてもたってもいられなくなった。老人となった今から振り返れば、ずいぶんと暴走していたように思う。しかし当時の彼はまだ二十代。使命感に駆り立てられ、焦るがままに行動してしまった。

井上先生は、すぐに例の内科医院へと足を運んだ。診察してもらうふりをして、いったいどんな医師がいるのか調べてみようと思ったのだ。

「井上さん、お入りください」

診察室にいたのは、確かに人の良さげな男性医師と女性看護師。どちらも年齢不詳だが、田舎町に似つかわしくない美男美女である。

おずおずと丸椅子に腰かけると、医師はにこやかな笑顔を向けながら聴診器を用意しだす。そして誰が聞いてもリラックスしてしまうような声で。

「今回はどうしました？　どこの調子が悪いんでしょう」

ごく当然の質問に、体がこわばる。勢いのみで飛び込んできたので、自分がどのような体調不良なのかを具体的に想定していなかったのだ。

「風邪ですかね？　はい息吸って吐いて……うん、呼吸は大丈夫なようですけど」

胸に聴診器をあてられながら、顔をうつむける。心臓が早鐘を打ち、頭の中がぐるぐると回転する。このままでは怪しまれるとパニックになって。

「リ、リフロックス」とっさに思いついた言葉を口にした。

「リフロックス・ウゾファギテス……ですかね」

ドイツ語で「逆流性食道炎」。当時、欧米ではこの病状の患者が明確に増え、問題視され始めていた。医学雑誌で見かけたばかりのその単語を、つい口走ってしまったのである。

医師の聴診器を持つ手がぴたりと止まった。

横にいる看護師の動作も凍りついたように停止する。

きん、と周囲の空気がひりついた。

あ、いや……。

もたげた頭のすぐ目の前を、腰をかがめた看護師が覗きこんできた。

美しく整った、しかし氷のように冷たい両目がこちらを見つめる。

——しまった。

手ひどい失敗をしたという緊張とはまた別に、胸の奥から強烈な既視感が湧き上がる。

あれ……この顔、この目つき……。

どこかで見覚えがある。この女、絶対にどこかで会っているはずだ。

すると医師の方は聴診器を床に放り捨て、どさりと音をたて椅子に背をもたせかけた。

まるで部屋に誰もいないかのように目をそらし、ぞんざいな姿勢でタバコを吸いはじめた。

……え、え、なんだ。こいつら、やっぱり俺のこと知ってるのか。少なくとも俺が医者だとバレたのか。

もはや混乱の極みに達した、その時。

女がさらに顔を近づけてきた。頬と頬とが触れ合いそうになった、その寸前で。


——Süße Früchte für süße Früchte.

自分よりはるかに流暢(りゅうちょう)なドイツ語が、女の口から発せられた。

スュース・フルーフト・フューア・スュース・フルーフト。

「甘い果実には甘い果実を」とでも訳せるだろうか。

命をもって命を助けるといった意味合いの、ドイツ医学界の古い標語。もはや現役医師たちが使わない、老人たちの隠語に近いものだった。

その瞬間、井上先生の記憶がかっちりと繋がった。

そうだ。思い出した。この女。

自分が二十代半ばで西ドイツに留学していた時、一年先に来ていた女だ。

そしてこいつは、恐ろしいほど頭脳明晰な天才だった。

全留学生の中で主席なのは当然というか、自分たちなど比較対象にすらならなかった。

医薬品製造企業のファーマでも持て囃されており、噂によれば東ドイツの医学会の集まりにも参加できるような立場だったとか。

こんなところにいるはずのない人間である。しかし確かにそうだ、この機械よりも冷えきった目。留学中に一回だけ挨拶した自分を無視し、ただ下等動物を見るような視線だけを向けてきた、あの目に違いない。

そんな思考を読み取ったのか、女はすっと目の前から離れ、腰かける先生を見下ろした。

医師は相変わらず、あらぬ方を向きながらタバコをふかしている。

気まずい沈黙の中、井上先生は悟った。

――これは明らかに、自分が関わってはいけないものだ。

自分ごときがこいつらと太刀打ちできるわけがない。あと一秒でもここにいることは、逃れられない大きな闇へと足を踏み入れることになる。

先生は一言もなく立ち上がり、診察室から逃げ出した。

看護師も医師もそんな彼を止めることなく、ただ無言で見送った。

それから程なくして、彼ら二人は街から姿を消した。痕跡ひとつ残さず、後には内科医院の建物が、ずっと昔から廃屋であったかのように佇んでいるだけ。

「当時は色々悩みましたが。結局、自分なんかが考えても仕方ないとの結論に至りました」

八十歳となった井上先生はそう語る。

血まみれの旦那や犬というのは、幽霊だったのだろうか。もしくは東ドイツ政府に雇われたあの男女に、東側が造った自白剤めいた薬の投与実験をされていたのかもしれない。

……いや、それならまだいいのだが……。

当時の先生が最も怖ろしかったのは、陽子ママの事件がその後いっさい新聞でもテレビでも報道されなかったことだ。

ママの自殺や達夫の失踪はともかく、明らかに殺人事件である旦那の白骨遺体について、ローカル紙すら取り上げないのは異様すぎる。

となると、あの二人は東側のスパイといった立場でもない可能性が高い。西側の日本政府やアメリカ政府の依頼で動いていた人間だったのではないか。

「そちらの方がずっと怖いですよね。なので私はもうそれ以上、なにも調べたり考えたりはしませんでした。なんだかお化けの話ではなくなってしまって……ごめんなさいね」


いずれにせよ、これが「人の心」にまつわる事件だったことには違いない。

そして先述した黒い筒にまつわる事件も、また。

三十歳になる前後で続けざまに起きた二つの出来事が、井上先生にとって人生の転機となった。これらの体験を通じて、人間の精神の複雑さ、奇妙さ、怖ろしさ、そして奥深さをまざまざと痛感したからだ。

また、そんな人々の心と向き合う精神科医という職業の重要さも。

「そんなことがあったから、私はこれから一生をかけて、精神科の医者を続けていこうと決心したんです」

視線の先に五十年前の自分を見つめながら、井上先生は微笑んだ。

集まろうぜ！

「それはカイっていう男の子で、いつも夜遅くまで横浜で遊びまわっていて、なんていうか……後先を考えないで生きている奴なのかなって」

ミキさんはそう語る。

「当時の私たちはね、彼のことをそんな風に感じてたの。カイはそういう生き方を選んだんだろうなって」

ミキさんが横浜のアパレルショップで、まだアルバイトとして働いていた頃だった。

店には二十歳前後の同期バイトがあと三人おり、よく仕事帰りに飲みにいくなど仲良くしていたそうだ。

そのうちの一人が、カイだった。仕事に対しては真面目だったが、プライベートとなると同僚たちが驚くほどに豪放磊落（ごうほうらいらく）。仕事帰りにクラブやバーで派手に遊び、明け方に店舗へ戻って勝手に寝泊まりすることも稀ではなかった

「アルバイトなのにとんでもないでしょ。店長も怒ってたはいたけど、なんか許されちゃうキャラではあったのよね」

またカイは常々「俺には霊感があるんだ」「この店にも幽霊いるよ」と嘯（うそぶ）いていた。オカルト嫌いのミキさんは、特にそうした言動を気にすることはなかったのだが。

今から思えば、カイの能力が本物かもしれないと思った出来事もちらほらとあった。

仕事帰り、同期たちを車に乗せてミキさんの家へ向かっていた時のことだ。とある小さな陸橋を通りがかった際、助手席のカイが突然大声を上げた。

「車停めろ!」

ミキさんが驚きながらブレーキを踏むと。

「橋の入口の電話ボックスに女がいる。女が立って、こっちを見つめてる」

だから通ってはダメだというのだ。ミキさんが口を開くより先に、後部座席のメンバーがこう指摘した。

「なに言ってんだ、カイ。電話ボックスなんてどこにあんだよ」

確かに、前方には橋の赤い欄干があるだけで、どこにも公衆電話に類するようなものは見当たらない。

「あるよ、あるだろ、ほら」

カイの言動に、後ろの二人からは笑いが漏れた。しかしミキさんはバックで脇の駐車場へ入ると、反対方向へと車体を切り返した。

「どうしたんだよ」という後部座席からの問いに、ミキさんは低い声で。

「うん……昔はあそこにあったよ、電話ボックス」

茨城出身で一年前に横浜に来たカイが、それを知っているはずはないのだが。

またカイは、「俺は未来も見れるんだ」と公言し、同僚に占いめいたことを行なっていた。

といっても道具などは使わず、ただ相手の前で集中し、思いついたことを口にするだけである。一度だけミキさんが半信半疑ながら付き合ってみたところ、こう断言された。

「ミキはあと五年後に、お前と似た体型で優しい仕事をしている同い年の人と結婚する！」

なにそれ具体的すぎるじゃん、と笑い飛ばした。しかし五年後、ミキさんは彼女とよく似たふくよかな体の、同い年の介護士の男性と結婚することとなる。

「カイの占いは当たってたのよ。けっこうすごい能力者だったのかなあ」

ミキさんは当時を思い出して、寂しげな笑みを浮かべた。


ミキさんとカイは三年ほど同じ店で働いたのだが、別れは突然やってきた。

「俺、今月でバイト辞めるんだ」

カイはいつのまにか多額の借金を負っていた。夜遊びが過ぎたためか他の事情からかは知らないが、まあそれ自体はふだんの彼の無鉄砲な生活からして不自然ではない。

「借金を親に肩代わりしてもらったから、実家に帰ってまともに働くよ」

「そうなんだ。家業を継ぐとか、そういうこと？」

「いや、あっちで職を探す」

「ふうん……でも仕事なら横浜のほうがあるんじゃないの」

そんな質問に、カイは苦笑いで答えた。

「さんざん好き勝手やらせてもらったからなあ。そろそろ親孝行しないと時間もないし」

両親はけっこう高齢なのか、それなら仕方ないなとミキさんも納得した。


そしてまた三年あまりが経過する。ミキさんはバイトから正社員へと登用され、他の同期たちも青春を諦めてそれぞれ就職した時期だった。

ずっと疎遠になっていたカイが、前触れもなく電話をかけてきたのだ。

「久しぶり！　元気にしてるか？」

久しぶりに聞くカイの声は、明るく弾んでいた。

「俺あんなだったけど、今は反省して焼き肉屋で真面目に働いてるんだ。社長が評価してくれてさ、少し前から店長だぜ？　俺が店長なんて信じられないだろ」

「そうかあ。どうなることかと思ったけど、地元に戻って正解だったね」

「うん、だからさ、昔の仲間でこっちに来てくれよ。就職したばっかで忙しいだろうけど、なんとか予定つけてくれねえかな。こっちはいつでもいいからさ！」

もちろんミキさんは快諾した。

「よかった、久しぶりに集まろうぜ！」

カイとの電話を切った後、すぐに他の同期二人にも連絡した。どちらもカイとの再会を喜んでいた。

「カイはいつでもいいみたいだけど、どうせ行くなら、この日に合わせられるといいよね」

ミキさんたちには目当ての日取りがあった。その日に昔の仲間で集まれたら、カイはもっと喜んでくれるだろう。しかしどうしても三人の都合が調整できず、そこから一日ずれた次の日に茨城へ向かうこととなった。

「まあそれでもいいか、とその時は思っていたんだけど」

旅行の前日である。仕事帰りのミキさんのもとに一本の電話が入った。カイの弟からだ。彼も東京に出てきているので、カイがいた頃はよく一緒に遊んでいた。嬉しくなったミキさんはすぐに着信に応じて。

「久しぶり！　明日ね、そっちの実家に行くんだよ。もう聞いてるかな？」

そのことについての連絡なのかと思った。しかし弟は数秒にわたり沈黙した後、

「お久しぶりです……あの、兄貴が亡くなったんです」

思わぬ言葉を告げてきた。

「亡くなったのは昨日なんですが。明日こっちに来るなら、葬式にも出席してほしいのですがどうでしょうか。……すいません」

「え、ちょっと、なんで」

「交通事故にあって……。本当、いきなりですいません。明日はうちの実家で葬式するので、来てくれると兄貴も喜ぶと思うんです。ミキさんたちが集まってくれるの、ずっと楽しみにしていたんです」

「……わかった。みんな行くって言ってくれると思うから」

翌日、ミキさんら三人は朝から車を走らせ、カイの実家へと到着した。

葬式会場にしているだけあり、そうとうな大きさの家だった。敷地の入口では弟が受付をしていた。

「みなさん、ありがとうございます。兄貴も嬉しがってると思います」

ここにくるまで、三人ともカイの死をどこかリアルには受け止めきれていなかった。しかし葬式に参列し、棺の中の彼を目の当たりにし、ようやく本当のことなのだと実感した。

数年ぶりに見たカイの死に顔は、横浜を去った時とまったく変わっていなかった。

葬儀が一段落したあたりで、弟がミキさんたちに話しかけてきた。

「兄貴の事故現場、ここから歩いてすぐのところなんですよ。ただ自分、ちょっと一人で見に行けなくって……皆さんついてきてもらえませんか？」

断る理由もないので、全員でその現場に向かうことにした。

そこは見通しの良い二車線道路だった。両脇は一面の田圃で、奥に広がる山の木々までもが眺められた。どうしてこんなところで事故を起こすかな、と誰かが呟くと。

「兄貴は単独事故だったんです。この電柱にぶつかったんですよ」

弟が指さす先には、一本の電柱があった。

「よく分からないんです」

弟は電柱を見つめたまま、こちらに説明を始める。

「兄貴はバイクに乗って、家に帰る途中でした。対向車も無かったし、スピードも出していなかったみたいです。道になにかが落ちていたわけでもありません」

ミキさんたちも、弟の視線につられて電柱を見上げる。

「とにかくここで、いきなり二メートル宙に浮いて、電柱にぶつかったらしいんですよね」

言われてみれば、確かに。その電柱の高い位置に、なにかが激突したような黒く擦れた跡がくっきりと残されている。

三人とも無言でそれを見つめた。いったいなにを言えばいいのか、誰一人として思い浮かばなかった。

「あれ？」

すると弟が、不審そうに田圃のほうへと歩き出した。

「ちょっと、皆さんこっちに来てください」

小走りにあぜ道をゆく彼を、全員で追いかける。田を突っきった先にある山の入口で、弟は立ち止まった。そこから山の上へ向かって、崩れた石段の跡が連なっていた。

「思い出しました。ここを上がったところがお寺だったんですよ」

もう見るからに廃寺となっているが、そこは幼少期のカイが通っていた場所なのだという。小さい時の記憶が蘇ったのか、弟は熱を込めて当時のことを語りだした。

「兄貴ってよく変なこと言うし、それがまた変に当たってたりするじゃないですか。子どもの頃は今よりもっとセーブが効かなかったみたいで……。両親と自分とで、兄貴を連れてここの住職に相談にいったんです」

――このままでは二十四歳で死ぬ。

カイを見た住職は、そう言い放ったのだという。

「修業をすればなんとかなるかもしれないと言われたようで、兄貴は一年ほどそこに通ったんですよ。まあでも結局、二十代で死んじゃって……長生きはできなかったんだな」

そこで弟はいったん黙り込んだ。彼は寺だと覚えているようだが、正当な寺院がたかだか二十年足らずで廃墟になってしまうのは不自然だ。話を聞く限り、おそらく民間霊能者の道場のようなところだったのではないか。

いずれにせよ、カイと関わったことでその住職とやらにもこの場所にも、なにかの障りがあったのかもしれない。

またそこまで聞かされたところで、ミキさんにも思い出すことがあった。

「そういえばカイ、俺は二十七歳で死ぬからって、ずっと言ってたよね？」

連日にわたる夜遊びを咎められると、カイはよく「俺は二十七で死ぬからさ」と口癖のようにつぶやいていた。

当時のミキさんは、やはり二十七歳で死んだジャニス・ジョプリンやジミ・ヘンドリックスなど往年のロック・ミュージシャンになぞらえた冗談かとばかり思っていたのだが。

他の二人も同じことを覚えていた。ミキさんは自分だけでなく同期たちも、そして弟までもが血の気のひいた顔になっていくのを見て取った。

「兄貴は結局、修業しても良くならなかったと言ってました。それでも二十七歳までは生きられるようになった、まあ仕方ないよな、と……」

カイが亡くなったのは、二十八歳の誕生日の前日だった。

「きっとカイは、ぜんぶ分かっていたんだよね」

二十七歳の最後の日に自分が死んでしまうことも。

自分たちが予定を合わせれば、彼のもとに着くのがその翌々日になってしまうことも。

「最初から、自分のお葬式に来てほしかっただけ、それだけだったんだろうね」

そろそろカイの命日がくる。

ミキさんは毎年その日だけは予定を空け、彼の墓を訪ねているそうだ。

墓あらし

涼子さんの実家は福島県で墓石店を営んでいる。

「ただ、わたしも妹も家の商売を継ぐ気はないので、別の仕事についてしまったんです」

だからその店は、父親と従兄(いとこ)、そしてアルバイトの三人だけで動かしているそうだ。

「田舎だからかもしれませんが、墓石店といっても、墓をつくるだけが仕事ではないようなんですね」

寺の道路の石を敷いたり、神社の石段を積んだり……。つまり「宗教」関係の「石の工事」であれば、本当に様々な依頼がくるのだという。

「その中でも、これはめったにない案件だそうですが」

ごくたまに、「墓の掘り上げ」を頼まれることがある。

東北地方には、少し前まで土葬が続いていたところが散在している。特に今では限界集落に近い村、山間に位置するような村ではそうした傾向が高い。そこに葬られた祖先をもっと都市部の墓地に移す際、残っている骨をまた火葬しなおすケースもある。

そのための作業として、父の会社は土葬墓を掘り返し、地中に埋められた棺を取り出していたのだ。涼子さんの父親が「いちばん怖かった思い出」として語っていたのも、そんな掘り上げの仕事にまつわるものだった。

「といっても、お墓のご遺体が怖かったんじゃないですよ。父が怖かったのは、ぜんぜん別の、なにかです」


二十年ほど前のことだ。

墓の掘り上げを頼まれた父親たちが向かったのは、相馬(そうま)市にある「F山」の山中だった。

F山は麓に工場と家が数軒ある他には、特になにがあるわけではない。最近は子ども向けのアスレチック施設ができているようだが、当時はハイキングで登る人も少なく、地元民はほとんど立ち寄らなかった。

涼子さんの言葉によれば「霊がしこたま出ることでも有名で、みんな近付きたがらない山」なのだという。

トラックがぎりぎり通れる一本道を登り、少しだけ開けたスペースの墓地につく。

「よし、始めるぞ」

父の号令で、従兄とアルバイトが土を掘り返していく。土葬は埋めるのも掘り返すのも重機を使うことが多いが、ここは山中なのでそもそも大きな車体が入らない。

地面の下から、横に長い木の棺が現れてきた。故人を寝かせて入れる「寝棺」である。山の土は硬く、石ころも多いので広い面積を掘ることができない。となると故人を座らせて入れる、縦に細長い座棺（たて棺）を使う。とはいえF山の地面はなぜか特別に柔らかいので、手作業でもそれなりに深く掘っていけるのだ。まだからこそ墓場の山として選ばれたのかもしれない。

そうこうするうち、棺を地上に出すことができた。

「よし、蓋を開けて、ご遺体の状態を確認するぞ」

と、次の作業にとりかかろうとしていたところで。

「でた、でたぁ」

しわがれた声が、すぐ近くで聞こえた。

振り向くと見知らぬ老人が五人、自分たちと墓の周りを囲んでいる。

「おお、でた、でたなぁ」

全員、小さく折れ曲がった体で、顔もしわだらけ。八十歳どころか、おそらく九十歳を超えているようにすら見える。

「え、あの……」

いつのまに近づいてきたのか。土を掘る作業をしていたにしても、静かな山の中である。

よほどうまく忍び寄っても気づかないはずがない。ましてや、こんな高齢の老人たちが。

「えっと……どちらさまですか？」

仕事を依頼してきた、この墓のご家族ではない。遠い親戚か、村人の誰かだろうか。

ただ、これは父が後から聞いたことだが、ご家族は今回の掘り上げ作業について、他の誰にもいっさい伝えていなかったらしいのだ。

謎の老人たちは質問に答えず、われ先にと棺にむらがった。

そして止める間もなく、その蓋に手をかけて。

ベキッ！　ベキベキベキ……。

無理やりこじ開けてしまった。

もちろん棺のふたは釘で打ってあるので、普通は工具を使って開けるか蓋ごと叩き割る。

いくら三十年経って木材がもろくなっているとはいえ、素手で開けられるものではない。

この老人たちはそろいもそろって、素早さも腕力も、並の若者以上である。

父たち三人はもはや声も出せず、茫然とこの異様な光景を見つめていた。

それを尻目に老人たちは、あらわになった遺体を、ぺたぺたと触りだした。

もうあちこち崩れている鎖骨や腕や手の骨、白装束の下の肋骨などを。

ぺたぺたぺったり、ぺたぺたぺたり……。

にこにこと笑いながら撫でまわり、叩きまわっている。

その笑顔は、故人を愛おしんだり哀悼したりといった類のものではない。なんだか子どもがオモチャを見つけた時のような、いやもっと正確に言うなら、犬が好物の餌を見つけた時のような、無邪気ながらも自分勝手な表情だった。

この遺体の死因は事故死だったようで、頭には包帯が巻かれていたのだが。

「ああ～、頭ぁ、怪我したんだもんなぁ」

などと言いながら、くるくるくると包帯をほどいていった。

さらに故人は競馬好きだったらしく、棺の中にはぼろぼろになった昔の競馬新聞と赤エンピツなどが入れられていた。老人たちはそれらを乱暴に外に出して放り投げる。

その雑な行動とは対照的に、棺に入られた日本酒の一升瓶を丁寧に取り出して。

あろうことか、ぐびぐびと飲み始めたのである。

一人が飲んでは、隣で骨をなでている老人に渡す。五人で次々に回し飲みをし、あっというまに一升瓶を空にしてしまった。

「社長、これ、大丈夫ですか……」

アルバイトが小さな声でささやく。従兄弟もこちらを見つめ、指示を仰ごうとしている。

「いや……この村の風習かもしれないし……」

父は二人を制止したが、それは言い訳だった。正直なところ、あまりの怖ろしさにとても老人たちに近づく勇気がわかなかったのだ。

そうこうしているうち、彼らも満足するまで骨をなでまわし、棺の中をあさりきったのだろうか。

「……ありがどね！」

にこにこしながら棺から離れていった。

父たちはおずおずと棺を手に取ると、トラックの荷台に乗せた。三人がかりだったので難しい作業ではない。目をそらしたのは、数秒しかなかったはずだ。

「あれ、じいさんたちは……？」

しかしその数秒で、老人は五人とも、すっかり姿を消していたのである。

山中の墓地なので、道は一本だけ。その他は木々のはえた斜面で、とても人が歩ける場所ではないのだ。

「あいつら、どうやって、いなくなったんだ……？」

三人は一目散にトラックへとかけこみ、街まで逃げ帰ったのだという。

赤い着物の女

ヤスオミは四十代の男性で、私とは十年以上の付き合いになる。

なかなか面白い育ちの人物で、彼の子ども時代や実家にまつわるエピソードはバラエティ豊か。現在は退官しているものの、父親がそうとう地位の高い自衛官だったことも昔から聞かされていた。

自衛隊という職業柄、ヤスオミ一家は日本中の基地をあちこち転勤しなければならなかった。必然的にヤスオミ自身も転校をくりかえす小・中学校時代を送ることとなる。

ある時、彼は福島県の小学校に通うこととなった。転校時にもっとも厄介なのは、人間関係を築くことだ。

「もともとコミュニティができているクラスにいきなり飛び込まなくてはいけないから。すぐに生徒たちとなじまないと、仲間外れにされたり、いじめられてしまうんだよね」

だから自衛官の家の子たちは、同じ境遇のものたち同士でかたまることが多い。

その学校の同級生にも、やはり父親が自衛隊員で同じ基地に所属している女の子がいた。トシエちゃんという子である。ヤスオミ一家とは別の官舎に住んでいたが、親同士も知り合いのため、すぐに仲良くなることができた。

人よりも色素がずいぶん薄い体質だったのだろう。驚くほど茶色い髪、透きとおるような白い肌、だからこそ顔のそばかすがよく目立つ。そんな少女だった。


実はその頃、二人の親が勤める自衛隊基地で奇妙な噂が流れていた。

赤い着物をきた女が出る、というものだ。

上着から帯から草履まで、なにもかもが真っ赤な和服の女。そんなものが、夜になると基地内をさまよい歩いているというのだ。

数々の目撃情報が飛び交っており、もはやそれは噂の域を超えていた。屈強な隊員たちですら、この女をひどく怖れるものたちが続出していた。

ヤスオミも当時、父親が母にこんなグチをこぼしていたのを聞いている。

「どうもその赤い女、基地パトロールの巡回路のうちの決まった場所に出るというんだな。だからそのポイントは『行きました』と嘘をついて、実際には近づこうとすらしないやつが多いんだ」

私はこのお父さんに会ったことはないが、人となりについてはヤスオミからよく聞かされている。オカルトとは真反対に位置するような、国防に日々思いを巡らせる元陸上士官。

自分の所属する基地内で怪談めいた噂が流れることを、たいそう苦々しく感じていたはずだ。逆に言えば、そんな父親までもが家庭内でグチを漏らしてしまうほど、隊員たちの怯え方がすさまじかったということになる。

しかもそのうち、赤い女は基地の外にまで出ていってしまったようだ。

「最近、うちの官舎のまわりを変な女が歩いているのよ……」

トシエちゃんの母親が、ヤスオミさんの母に対して相談してきたのである。話を聞いているうち、トシエ母自身が実際に女を目撃していることまで分かってきた。

彼女たちが住んでいる官舎のすぐ近くを、真っ赤な着物の女がうろついているのをよく見かけるようになった。最初は「珍しい服の女性がいるな」と目につく程度だった。しかし女は連日のように現れ、次第に建物のすぐ前にまで近づくようになる。

敷地内は関係者以外立ち入り禁止だし、この暑い盛りに日傘もささず厚手の和装で出歩いているのも尋常ではない。しかも、いつも同じ上から下まで真っ赤な着物で。

「それがね、今はね、うちの部屋にまで出てくるようになっちゃって……」

まさかそんな、とヤスオミさんの母は思った。だが相手の言い分によれば、ふと気づけば奥の廊下やベランダなど、少し離れたところを赤いものが通り過ぎるようになったのだという。しっかり目視したわけではないが、おそらく例の女の赤い着物に違いない、と。

「娘もお父さんもそんなもの見えないっていうんだけど……」

とにかく自分には見えてしまうのだという。

日が経つにつれ、トシエ母からの相談は強度を増してきた。

「ここ最近はもう、どんどんひどくなっててね……」

チラリと目の端に捉えるどころか、明らかな女の全身が室内に立つようになった。だんだんこちらに近づいてくる。もごもごと口ごもるように、なにかを話しかけながら。

「なんて言ってるのかは聞き取れないのよ。でも日に日に近づいてくるから。もっと近づかれたら、なにを話しかけているのか分かると思うのよ」

でもそれが怖ろしい。だからもう、あの官舎を出ていきたいのだ、と。

冗談でないのは明らかだった。「あの人、大丈夫かしらねえ」と母親も心配していた。

そして実際、トシエちゃんの家族はそれから間をおかず、住んでいた官舎を引き払った。

そのかわりにヤスオミさんたちの住む建物のほうへと移り住んできたのである。

二人の母親はともに観葉植物を育てるのが趣味だった。以前よりも交流が増えたため、母はよく相手の部屋に出向いて栽培や育成についてあれこれ語らうようになった。

当初はそこで、問題が解決したかのように思えた。

しかしトシエちゃんの母親の体調は、むしろこちらに越してからの方がひどくなっていったのだ。

なんの病気もしていないというのに、体がどんどんやせ細り、見るからに衰弱しているのがわかる。娘と同じ真っ白な肌をしているので、もはや彼女自身が幽霊になってしまったようだった。

観葉植物の趣味も度を越していった。非常識なまでの量のプラントを集めるようになったのだ。ある時、部屋に遊びにいった母親が、帰宅後こんな感想を告げていた。

「あそこ、部屋がもうジャングルみたいになってたわ」

どこでどうやって生活しているのかわからないほど、官舎の部屋がみっしりと鉢植えの植物で埋めつくされていたらしい。

……おそらく……。大人になった今、ヤスオミは思う。

赤い着物の女は、引っ越してもなお部屋の中に出てきたのだろう。トシエちゃんのお母さんはなるべくそれを見ないため、室内全体を木や花で目隠しをしていたのだろう、と。

私もそんなヤスオミの話を聞きながら、勝手な想像を巡らせてしまった。

緑一色の部屋にいる、真っ白な肌をしたトシエちゃんとお母さん。

彼女たちのそばをさまよう、全身を赤い着物に包んだ女。

そんな三色に彩られた風景は、美しく静かな地獄のようにも思えてきて……。

引っ越して三ヶ月もしないうちに、トシエちゃんのお母さんは死んだ。部屋の中でガソリンをかぶって焼身自殺したのだ。

熱帯雨林のような植物たちもすべて炎に包まれたのだろうか。

彼女の部屋はついに、燃え盛る赤一色の地獄となってしまったのだろうか。


それから十数年ほど経った頃、なにかの拍子にトシエちゃん一家について家族で話す機会があった。父がまだ退官前だったので、それなりに詳しい情報を聞き及んでいたのだ。

トシエちゃんの父親は自衛隊の中でもかなりのエリートだったが、これを機に出世コースから外れてしまった。

「あいつ、いまだに福島の官舎にいるらしいぞ」

そう言いながら父は眉をひそめた。

トシエちゃんは東京に出て社会人として働いているとのことだった。

とりあえず、よかった。ヤスオミはそう思った。彼女の母親が死んだ時、この子はこの先どうやって生きていくんだろう、と子ども心に思っていた。だからとりあえず今は、普通に生きていてよかったと思った。

あの美しいそばかすはもう消えてしまっただろうか。それでも茶色い髪と白い肌はそのまま変わっていないはずだ。

こうしてひとしきりトシエちゃん父娘の現状が説明されたが、死んだ母親についてはなにも語られなかった。父は敢えて話題を避けていたようだし、ヤスオミもわざわざ触れようとはしなかった。

ただ最後に、母が独り言のようにぽつりと呟いた。

「……あのお母さん、赤い人に呼ばれたのよね」

その言葉は宙に消え去り、誰も相槌すら打たなかった。

新しい家族　1

「今からお話することは、これまでずっと、すごく仲のいい友人にしか伝えたことがありません。でも今回、吉田さんに聞いてもらおうと思いました。自分にとって、あまりに怖い出来事だったので……」

私のパソコンスピーカーから、翔太さんの静かな声が響いた。

ネット通話での取材だったので互いの顔は見えない。

しかしだからこそ余計に、その声に響く独特の質感がはっきりと感じられた。

当時を語る翔太さんの声はずっと落ち着いており、沈んでも震えてもいなかった。

私が聴きとった「独特の質感」はそうした分かりやすい表層ではなく、もっと奥深くからの響きだ。

かつての恐怖と痛み、そしてすべてを諦めきった重みが、彼の声の底で響いていた。

「自分は二十七歳の頃、ある女性と同棲していました」

仮に名前をエイコとしておこう。彼女はシングルマザーで、二人の子どもを連れていた。

下は五歳の男の子、上は小学二年生の女の子だ。

付き合ってすぐ翔太さんの方から、三人ともに自分の家で暮らそうと提案した。

「当時は自分も離婚したばかりで、広い家に住んでましたから」

まだ籍は入れていないが、夫婦と子ども二人との穏やかな生活を始めようと思ったのである。どこにでもいる普通の家族かのように。

しかしその夜、翔太さんが夕飯の支度をしていたところ。

「しょうくん、来て」

エイコから低い声で呼びかけられ、そのまま夫婦の寝室へと連れていかれた。

「実はね、うちの娘……」

エイコはさらに声をひそめ、小二の娘の名前を出した。

「……小さい頃から霊感があって」

娘によれば、このマンションの部屋には「白い服を着た女」がいるのだという。リビングのドアからは、ガラスごしに玄関へと続く廊下が覗けるのだが。

そこに白い服を着た女が立っており、こちらを見つめているのだ、と。

寝室からリビングに出た翔太さんは、半透明のドアガラスに目をやった。とはいえその向こうには、女の姿どころか気配すら感じられない。

「初めてのお泊りだからふざけているのかな、とその時は思いました」

しかし後日、子どもを両親の家に預けたエイコが一人だけで泊りに来た時のこと。ホラー好きの二人は子どもがいないタイミングだからと『ほんとにあった！　呪いのビデオ』シリーズのDVDをレンタルしていた。付き合いたての恋人同士らしく、リビングの照明を消してソファに並んで座り、次々と流れる不穏な映像を楽しんでいたのだ。

するとそのうち、テレビ画面とは反対側から音が響いた。

ガタ、ガタ、ガタ……。

食器棚の中の皿やカップが揺れる音だ。リビングの床は防音性の柔らかいクッションである。これまでは自分たちが棚の前を歩こうと、振動することなどなかったのだが。

「え、なんで」

注意して耳をそばだてると、クッションの床をなにかが歩く気配が伝わってくる。それはリビングのあちこちを歩き回り、食器棚の近くを通ったかと思うと。

ガタガタガタガタ……。やはりまた、棚の中の物が音をたてて震えるのだ。

翔太さんが驚きのあまり硬直していると、突然あたりが明るくなった。

いつのまにかソファから立ち上がっていたエイコが、照明のスイッチを入れたのだ。

「これ見るの、やめよ」

なぜと問うこともなく、翔太さんはリモコンの停止ボタンを押した。

この奇妙な物音は、娘の言っていた白い服の女と関係があるのだろうか。

「実はそれについて、自分も心当たりがないわけじゃなくて……」

離婚直後、まだエイコと出会っていない頃。この部屋に一人でいると、おさえきれない孤独感に襲われることがよくあった。

それに耐えきれなくなった時、翔太さんは全室の照明を消してトイレにこもることにしていた。一センチ先も見えない暗闇の中、右手で自らの男根を握り、自慰行為をするためだ。いつも激しく涙を流し、全身で嗚咽しながら。そしていつもこんな言葉を叫びながら。

「さみしいから、なんでもいいから出てきてくれよ!」

そんなことをずっとしていたので、どこかから呼び出されてしまった女性なのではないか。自分の気持ちに呼応した幽霊かなにかが、召喚されてしまったのではないか。

この時の翔太さんはそんな風に考えていた。ただし後になって、この推測がおそらく間違っていたと気づくことになる。

なにしろ家を引っ越してからも、怪現象は続くことになるのだから。いやもっと凄まじいことになるのだから。

エイコとの関係は一時的な恋愛ではない。きちんと再婚し、子どもたちとともに家庭を築くつもりだった。だから前の妻と暮らした部屋は引き払って、四人で同居するための新しい物件へと移り住んだ。

「エイコの両親がいる実家の、すぐ近所で探してみたらいいところがありまして」

千葉市内の3LDKのアパート。大きな駅のすぐ近く、二階建ての建物の二階角部屋という好条件ながら、家賃七万二千円という破格の値段だった。

「ずいぶん安いですね、なにかあった物件だったんじゃないですか」

不謹慎を承知しつつ私が怪談的な興味を向けてみると、それはきっぱり否定された。

「彼女が同級生の不動産屋から教えてもらって借りたところなんです。自分も妙に安いなと心配して大島てるで調べたんですが、なにもヒットせず。変な謂れはないはずです」

こうして親子四人の新生活が始まった。しかし異変は引っ越し二日目から起こる。

夜十九時半過ぎ、エイコが残業で遅くなるので、子どもたちを風呂に入れることにした。

「ただ上の娘と一緒に入るのはさすがにダメかなと。もうけっこう大きいし、自分は血の繋がった父親ではないし……」

お姉ちゃんは待っててねとリビングに残し、五歳の弟とだけ風呂場に入った。

頭からシャワーを浴びせ、天使のように柔らかな髪をわしゃわしゃと洗う。一緒にバスタブに身を浸すと、腹の上に小さな体が乗っかってくる。肌と肌とが触れた箇所から、今まで感じたことのない暖かみのようなものが広がっていった。

これが父親ってやつの気持ちなのかな……。

前妻との結婚生活は子どもを授かる前に終わってしまった。でも今はこうして、二児の父になることができたじゃないか。いや本当の父親になれるかどうかは、これから一緒の時間を過ごしていきながら。

——コッ。

と、後ろから硬い音が響いた。思わず振り向いた先は風呂場のドアで。

——コッ、コッ。

二度、三度、ドアが叩かれた。

誰かが存在を知らせるためのノックであるのは間違いない。

しかし曇りガラスの向こうに人影はない。バスタブから飛び出てドアを開けてみても、洗面所は無人である。

なんだこれ……。

驚きの後、すぐに大きな恐怖と焦りが湧き上がった。今の自分は全裸で、なにもできない。怖ろしいものに襲われても、子どもたちを守ることができない。

「お姉ちゃん！」

大声でリビングにいるはずの娘に呼びかけると。

「なに～」間の抜けた声が返ってきた。

風呂場に来たのかと質問してみても、「なにが？」と分かっていない様子。

それなら気のせいだ……自分の気のせいなんだ……。そう言い聞かせつつ、弟の待つ風呂場に戻ったとたん。

「ひあああああああ！」

すさまじい娘の悲鳴が耳をつんざいた。

慌ててバスタオルを巻いて廊下に出る。まず玄関ドアに目を向け、閉じたままであることを確認する。侵入者が乗り込んできたのではないようだが、ではなにが。

リビングに駆け込むと、娘は床の上にうずくまり、大きく体を揺らして泣いている。

どうしたの、と声をかけようとしたところで。

――ドン！

左手の壁が音をたてて揺れた。隣室の壁を思いきり蹴り飛ばしたような音だ。

そこは姉弟たちの子ども部屋だ。そんなところに誰かが忍び込んだのか。

……なんだよ、本当になんなんだよ。

恐怖を押し殺して隣室の扉を開ける。すぐ目に入った光景に、体が硬直した。

部屋には誰もいない。それはいいのだが、問題はベッドの上だ。

ベッドが接する壁には棚がしつらえられている。その棚には、娘が好きなポケモンの人形を二十体ほどずらりと並べていたのだが。

その人形がほぼすべて棚から落ち、ベッドの上にうつぶせに転がっている。角部屋の壁の向こうは外で、隣人が叩くはずもない。第一、先ほどの「ドン！」は反対側のリビングと接する壁が震えた音だ。

いや、それだけならまだ、この建物の構造が歪んでいておかしな揺れ方をしたのだと無理やり納得することもできる。しかし、これは違う。

他のポケモン人形が吹っ飛ぶように落ちている中、一体だけがきちんと棚の上におさまっている。それはドラゴンを模した縦長の形状で、後ろ脚二足と尻尾という不安定なバランスにもかかわらず、しっかり立ったままでいるのだ。

どのように力が加わろうと、こんな絶妙な芸当など不可能ではないか？　ましてや、一体だけ落ちずにいたのがよりにもよって――。

娘が一番好きな、リザードンの人形だった。

新しい家族　2

翔太さんは子ども部屋を出て、青ざめた顔でリビングに戻った。娘はまだカーペットの上で背を丸めたまましゃくりあげている。風呂場に向かうと、息子は裸のまま訳も分からずに泣いてた。

「エイコ、家に帰ってきてイタズラなんてしてないよね？」

妻の携帯電話にかけ、そんな質問をしてしまった。ありえないことと分かってはいたが、自分もひどく混乱していたのだろう。

「なに言ってんの？　私、まだ職場なんだけど」

当たり前だ。ともかく、おかしな事態になっているので早めに帰れるなら帰ってきてくれとだけ伝えた。

しばらくして妻が帰宅したが、娘はまだ可哀想なほどに取り乱したままだった。

「その夜は、みんなでくっついて寝ようとなりました」

二組並べた夫婦の布団の、中間に娘と息子を挟んで寝かせる。子どもたちもさすがに眠いのか、瞼を閉じておとなしくしていた。電気を消して「おやすみね」と言ったとたん。

周囲に足音が響いた。それも一人や二人ではなく、大勢のものが歩いている音だ。あまりにも立て続けに起こる怪異に、もはや驚きよりも諦めに近い感覚でそれを聞いていた。生きた人間――泥棒か変質者ではなく、これは自分にしか聞こえていないものなのだろう。だとしたらひたすら無視しておかなくては家族を怖がらせてしまう……。

しかし足音は妻も聞こえているようで、その体がびくりと反応したのが暗闇でも感じ取れた。やがて向こうから妻が、押し殺した声でこうささやいた。

「……誰かいるよね？」

ひっそりとした呟きだったが、子どもたちはまだ完全に眠りについていなかったのか。

「やだこわいー！」

姉弟二人が同時に泣き叫んだ。その悲鳴を耳にしたとたん、自分の中で押さえつけていた恐怖心が頭をもたげはじめた。震える両腕で子どもたちを抱きしめ、鳴り響く足音をなんとかやりすごそうとした。

目を覚ますと朝だった。見渡せば、二組敷かれた布団に寝ているのは自分だけで、他の家族たちの姿はなかった。

……あれは夢だったのか？　というより夢であってほしい。そう願いながらリビングに行き、妻に前夜の出来事があったかどうかを問いただすと。

「うん、あったよ」

そんな返答に続き、落ち着いた声でこう告げられた。

「様子がおかしいから、上の娘だけ実家に連れて帰るね」

エイコの実家は近所にあるため、少しの間だけ両親に娘を預けるのだという。確かに昨夜、パニックになったのは息子よりむしろ娘のほうだった。姉弟を離れ離れにさせるのも忍びないが、幼い息子は母親の元にいたほうがいいだろう。

こんなことになってしまったのは、自分との新生活のためではないか。

息子と比べて前の父親との思い出をはっきり残している娘が、まだ慣れない母親の恋人と暮らし始めたから……。

そうした罪悪感が顔に出ていたのだろう。エイコはすぐさま翔太さんをフォローした。ただその慰めかたは少し奇妙なものだった。

「あなたは気にしなくていいよ。娘の霊感が強いせいだから」

もちろん新生活の影響もあるのだろうが、あの子の周りでは昔から同じようなことが起こっていたというのだ。

「いったん気持ちが落ち着いたら、変なことも起こらなくなると思うからさ」

最初はなにを言っているのかと思った。オカルト好きの自分に向けた冗談なのか、と。

「ただ実際、娘がいなかった期間、おかしな現象はなに一つ起こらなかったんです」

ネット通話ごしに翔太さんが説明する。その声はずっと、重い響きを孕んだままだ。

娘がいなくなってからというもの、明らかに家の中の空気が軽く、爽やかになったようだ。こうなってみて初めて実感したが、前の部屋にいた時からずっと不穏な気配につきまとわれていたような気もする。

新しい家族を築こうとした不安や緊張感があったのかもしれないが、それも嘘のように晴れてしまった。

そうした生活が一ヶ月ほど続き、翔太さんとエイコは心身ともに快調となった。祖父母宅にいる娘も、すっかり明るさを取り戻しているようだ。

「これはもう大丈夫だろうと話し合いまして。娘を連れて帰って、この部屋でまた一緒に生活しようと決めたんです」

そこで翔太さんの声が途絶えた。

私は一瞬、ネットワーク環境が悪くなったのかとPCモニターに目をやった。しかし直後に続いた言葉で、彼がずっと言葉を詰まらせていたのだと理解した。

「……でも、それがひどかった」

そんな言葉に続き、スピーカーから野太い低音が響いた。

——あああああぁぁ……


ひどく大きなため息だった。

私が今までの人生で聞いたうち、最も深く、長く、沈痛なため息だった。

そのため息を聞いた時、比喩ではなく本当に、私は全身の肌が粟立つのを感じた。

二十年に渡る怪談取材において、これほど話の先を聞くことに恐怖と哀しみの予感を覚えたことはなかった。


その日、翔太さんとエイコは実家から娘を引き取り、新居へと連れ帰った。久しぶりに家族四人が揃うこととなったのだ。

リビングに入った娘は驚きの声をあげた。

テーブルに並んでいたのは高価な肉や野菜、子どもたちの好きなおかず色々。その中心には娘のため奮発したメインディッシュ。大きなタラバガニが丸ごと一匹、真っ赤なデコレーションさながら堂々と据えられている。

「お帰りパーティーのお祝いだよ！」

子どもたちが喜ぶと思い、ロウソクまで用意していた。

「誕生ケーキみたいに、カニの横にロウソク立てちゃおうか？」

「立てる立てる～」

子どもたちの歓声の中、数本のロウソクに火をつけて皿に置く。

「じゃあ暗くするから二人で吹き消してね」

翔太さんがいそいそと照明スイッチをオフにする。薄闇の中、子どもたちの笑顔がぼんやり浮かび上がる。かと思いきや。

数本の小さな炎が一気に消えた。息を吹きかけたのではなく、停電したかのようにぱっと消滅したのだ。

予期せぬ事態に、慌てて照明スイッチを入れなおす。蛍光灯に照らされたテーブルの料理が見えたとたん、声を失った。

タラバガニの八本の足が、すべて切られていたのだ。

胴体から伸びる最初の関節部分。そこが鋭利なナイフで切断したかのようにスッパリと切り離されている。八本の足は甲羅から離れた皿の端に、放射状に整えられたように置かれていた。

子どもたちは気づいていないようで、ロウソクが消えたことを不満がっているだけ。

しかし。

エイコに目をやると、彼女も青ざめた顔でカニの皿を見下ろしている。

恐怖で混乱しているうち、エイコが静かに近づいてきた。そして子どもたちに聞こえないような声で、こう耳打ちしてきた。

「……悪いけど、お祝いはいったん中断して、お母さんに相談するね」

娘の周囲に起こる怪事については、エイコの両親も把握していた。特に母親、娘にとっての祖母は熱心にあれこれと駆け回り、霊能者へ診せるなどの対応をしていたそうだ。

せっかく準備した晩餐にいっさい手をつけず、エイコは娘を実家へ連れていった。

「それからずっと、上の娘を連れ戻すかどうか相談していたんですが……」

エイコまでもが謎の病気にかかってしまった。ずっと高熱に浮かされ、仕事も育児もままならない。病院にかかっても原因は特定できず、強いストレスによるものだろうとしか診断されなかった。

下の息子の面倒を見ることができないので、彼も姉同様に実家へ預けざるをえなかった。

その間、翔太さんが新居にてエイコの看病にあたることとなった。こうして家族はバラバラに離れてしまったのだが、そこにまた追い打ちがかかる。

「真下の一階に住む老夫婦から、意味不明のクレームが来るようになりまして……」

不動産屋を経由して、「上がドタバタしてうるさい」との苦情が突き付けられたのだ。子どものような足音が一日中駆けまわり、暴れまわっている。眠ることもできず、我慢しきれないから注意してくれ、と。

もう子どもたちはおらず、エイコはずっと寝込んでおり、自分も病人に気を遣って世話しているので、以前よりずっと静かに暮らしているのに。

その事情を大家に説明していったん収まったかに見えたが、しばらくするとまた同じ文句が続く。こちらの必死の弁解を、大家も不動産屋も理解してくれているし、先方にも伝えてくれてはいるようだった。

それでも老夫婦の言い分はおさまらず、三度にわたって同じクレームが言い渡された。上の二階でずっと子どもが騒いでおり、走りまわっているのだと。

老夫婦の夫からは、外に出るたび睨みつけられるようになった。なにか言ってくるわけではないが、駐車場から車を出そうとするといつも、一階のベランダに出てはこちらにじっと怒りの視線を投げかけるのだ。

嘘や妄想ではなく、本当に老夫婦たちは騒音に悩まされていたのだろう。彼らは実際に、子どもがたてるような足音を聞かされ続けたのだろう。今となっては、そう思う。

家族のみならず、自分の周りにいる人たちがどんどん憔悴していく。もちろん自分自身も例外ではなく……。

そして、あの夜となった。

仕事から帰宅した翔太さんは、そのまま手も洗わずにトイレへ入った。小用だったが、立つことも煩わしいほど疲れ切っていたので便座に腰を下ろした。頭を抱えながら放尿しはじめると、突如としてあたりが暗闇に包まれた。

トイレの照明が消えたのだ。

「え……」ともたげた顔のすぐ横で、女の声が響いた。

——いいかげんにしろ

耳のすぐそばで発せられたので、声は明瞭に聞き取れた。

「ずったような声」と、翔太さんはその声を表現した。

低く、くぐもった、激烈な怒りをにじませたような、そんな声だった。

……そうか……そうだよな。もう、そうなんだよな……。

慌てることなく水を流し、静かにトイレを出ると、そのままエイコの横たわる寝室へと向かった。

もう悩みも混乱もしていない。今ここで、彼女にしっかりと、ある言葉を伝えなくてはいけないのだ。

寝室のドアを開けると、エイコはベッドの中からこちらを見つめていた。微笑みを返し、一息置いた後、翔太さんがその言葉を告げようとしたところで。

まったく同じ言葉を、エイコが先に声にした。

「別れよう」


「……そのすぐ後に自分だけが出ていき、新居には彼女たち三人で住んでもらうことにしました」

エイコたちの荷物があるので、こちらの家電はすべて廃棄処分した。自分の引っ越し先に持ち運ぶことも躊躇われたからだ。

「幽霊なんて見たことなかった自分にとって、その一連の出来事が本当に……本当に怖かったんです」

翔太さんがいなくなった後、エイコも娘もすっかり回復し、その後しばらく親子三人でつつがなく暮らしていたようだ。ただ五年が経過した今、彼らがどこでどうしているのか翔太さんにも分からないのだけれど。

もちろん、彼らの人生でなされた選択について、私がかけられるアドバイスなどありはしない。ただせめて、怪談に携わる人間として、憶測めいた意見だけを最後に述べさせてもらった。

思春期もしくはその直前の少女が、生活に大きな変化が起きた時、周囲で怪現象が起こるといった事例はよく耳にする。

古今東西のポルターガイスト事件にまつわる、そのような言及は数多い。

江戸時代の日本でも、池袋の女を女中に雇うと石つぶてが降ってくるという都市伝説があった。憑霊（ひょうれい）事件としては「累ヶ淵（かさねがふち）」怪談の少女お菊もそうだ。彼女が義母である累の霊にとり憑かれたのは、実の母親の死と若くしての結婚という重大事が連続した直後のことだった。

小学二年生の娘に責任を帰すわけではない。彼女はむしろ被害者のような立場のはずだ。だが怪談として見た時にはどうしても、このような連想が頭に浮かんでしまう。

私がそのことを伝えると翔太さんは、

「ポルターガイスト……そういう話もあるんですね」

スピーカーの向こうで穏やかにつぶやいた。

「子どもたちを置いて、彼女と二人で遊んでたりしたから、けっこう恨まれていたのかもなあ……」

文字で読めば暗い言葉ではある。

ただこれは、今回の取材中で初めて、翔太さんの声に微笑みのようなニュアンスが滲んだ瞬間でもあった。

怪談とは光ではなく暗闇に近いものだ。

それでも痛みを抱える人にとっては、誰かに自分の怪談を語ること、誰かと一緒にその暗闇にひたることが、微かな救いを与えることもまた、あるのだろう。

父の初恋

私の知人である広田君が、実家に帰った折。

夕飯後、広田君は父親の晩酌に付き合った。久しぶりに息子と飲むのが嬉しいのか、父は棚の奥からとっておきのサントリー山崎を出し、ちびちびとグラスを傾けはじめた。

六十歳を過ぎたからだろう。まだそれほどの酒量ではないのに、父の顔はすっかり赤らんでいる。とはいえ多少は酒が深く入らないと、父子の会話が進まないのも確かだ。

その夜の父は、いつになく饒舌(じょうぜつ)だった。高い酒がいつもと違う感じに酔わせてくれたのか、なにか思うところがあったのか。広田君の仕事や体調はもちろん、ふだんは絶対に聞かない恋愛事情にまで質問が及んでいく。

少し戸惑いつつ、広田君がひとしきり自らの近況を語り終えると。

「いいか、よく聞けよ」

椅子に座りなおした父が、真剣な面持ちをこちらに向けた。

……なんだ説教でも始まるのかよ、面倒くさいな。

広田君が聴覚を半分シャットダウンしようとしたところに、父が言葉を継いだ。

「UFOは普通に空に浮かんでいるし、人は誰でも手をビリビリできるんだ」

シャットダウンどころか、思わず耳をフル稼働で傾けてしまった。

父は問わず語りに、四十年以上前の思い出を語りだした。


ここからは父親の方を広田君と呼ぶことにしよう。

高知県高知市出身の広田君は、めでたく都内の大学に受かって上京。東京暮らしが一年ほど経った頃、同じ高知出身の旧友たちと飲み会が開かれることとなった。

居酒屋で杯を交わすうち、いつしか話題はそれぞれの初恋にまつわるエピソードトークへ。部活動での出会い、高知の街でのデートなど、爽やかで淡い恋物語が披露されていく。

広田君の初恋は中学生の頃だった。

相手は年賀状配達のアルバイトで知り合った、A子という少女。同い年だが広田君とは別の学校に通っているとのことだった。

彼らのデートはいつも、市内を流れる鏡川(かがみがわ)のほとり。夕方までただ河原に並んで座りこみ、色々な話をするだけ。手を繋ぎすらしない、まことに中学生らしい関係だった。

そんなある日、いつものように二人で川を眺めていた時のことである。

海の方向を背にしている二人からは、市街地の北に並ぶ山々がよく見える。

「あれ?」

国見山(くにみやま)、いやもっと手前の小さい山だろうか。

その山の端から、ふいになにか黒っぽいなにかが現れ、空中に浮かび上がったのだ。

飛行機やヘリコプターの類ではない。距離からすると、そうとう巨大な物体になるはずだ。楕円形めいたかたちをしたその黒い影は、山よりも少しだけ高い位置まで移動したところで、ぴたりと上空に静止した。

「あっ! UFO!」

驚きのあまり立ち上がり、そちらを向かって指さす広田君。

ほらほら見てよUFOだよ、と慌てながらA子に詰め寄ると。

「あんなもの珍しくないよ」

どこまでも冷静な口調、なぜ驚いてるのか分からないとでも言いたげな表情で、座ったままこちらを見上げている。

「普通のことだよ。ここにいればよく見られるよ」

あっけらかんとした言葉を受けて、広田君は素直に納得してしまった。

……あぁ、そうなのかぁ……。

これまで自分は、UFOというのは珍しい現象なのだと勘違いしていた。そうでなければ目撃者への取材、撮影された映像をわざわざテレビで取り上げるはずないだろう、と。それがまったく日常的に、自分の住む街にも普通に現れるものだとは知らなかった。

A子の発言は嘘ではなかった。

鏡川の同じポイントでデートを重ねていた二人は、幾度となくあの黒い物体を目撃していた。それはいつも北側の山の端から浮かび上がり、それほど高くない上空で停止する。もう広田君も慣れたもので、「ああまた来たね」と座ったまま、A子とともにぼんやりと見つめる。UFOも、まるで彼らを見つめ返すかのごとく、静かに空に佇んでいる。

そしてしばらくすると、またゆっくり降下して山の向こうに消えていく。

二人とUFOだけの穏やかな時間が、何度も積み重ねられていった。

しかし広田君には、UFO観察よりもっと重要な悩みがあった。いくらデートを繰り返していても、いまだにA子と手を繋いだことがない。

何度かトライしようとは試みていたものの、意を決したとたんに山からUFOが現れたりして、気を削がれてしまうことが多々あったのだ。なんだかUFOから「見ているぞ」と言われているように思えて、恥ずかしくなってしまうのである。

ただその日は曇り空で、直感的にUFOは現れなさそうだと思えた。

広田君は意を決し、すぐ横にいるA子に向かってそろそろと手を近づけていった。地面を這い、丈の低い草を越えていき、ようやくその指先が彼女の親指の爪に触れる。

A子は気づいているのかいないのか、とにかく腕を引っ込める様子はない。

しかし今にもUFOが山から飛び出してくるかもしれない。

いやそれよりも、とぼけたような広田君の表情とは裏腹に、心臓と胃こそが口から飛び出しそうになっている。もうどうなってもいい。勢いをつけ、自分の手のひらをA子の手のひらへと滑り込ませる。ぎゅうっと指を閉じて握った、その瞬間。

強烈な「ビリビリ」が伝わってきた。

「うわぁっ！　なんだ⁉」

とっさに手を離してしまう。瞬間的にパチッとくる静電気とは違う。手のひらを通り、体全体に電流が走り続けるようなビリビリだった。

「どうしたの？」A子がまた、きょとんとした表情を向けてくる。

「今、ビリビリってしなかった……？」

「したよ。何かおかしい？」

「おかしい、おかしくないの？」

「だってみんな、手から電気みたいなビリビリくらい出すものでしょ？」

またもや新発見だ。

今まで知らなかったが、人間の手というものはビリビリを放出できるのか。ＵＦＯの件といい、なぜ両親も先生もこういう大事なことをちゃんと教えてくれないのだろう……。

そう憤慨する広田君の目の前に、Ａ子は自らの手のひらを差し出した。

「やってみな」

そうっと手を合わせてみると、Ａ子は五本の指を折りたたんだ。自分もそれに合わせ、彼女の手の甲まで覆うようにしっかり握りこむ。

「ビリビリ、出してみなよ」

言われるがまま、電流を走らせるイメージを脳から手へと送った。

いけ、ビリビリしろ、出るんだ俺のビリビリ、ビリビリ、ビリビリ……。

「うん、できてる！　ビリビリしてるよ！」

「本当に⁉　いやでもそうだ！　してるね、ビリビリ！」

確かに分かるのだ。

自分の手から出たビリビリが相手の手から全身へ伝わる。彼女から返されたビリビリも自分の全身に流れる。二人のビリビリが交わり、新しい一つのビリビリとなっていく……。

――ＵＦＯとビリビリ。それは二人にとって当たり前に存在する常識であり、彼らを繋ぐ祝福そのものでもあった。二人はその後もUFOを眺め、お互いの手をビリビリさせながら、鏡川のほとりでかけがえのない時間を過ごしていった。

しかし別れは突然やってくる。

「もう会えなくなる」

河原からの帰り道、並んで歩いていたA子がそう呟いた。

あまりに突然のことだったので、広田君は本気にしなかった。家族旅行か法事などでしばらく留守にするのを、大げさに言っているのかと捉えてしまった。

その翌日から今日まで、A子と会うことはもう二度となかったのだが。

安居酒屋の喧噪に包まれる中、広田君は自らの初恋譚を語り終えた。

しかしそのとたん、旧友たちは口々に疑問を呈しはじめたのである。

「そんな子、知らないぞ」「ぜんぜん覚えてないよ。本当にいたのか?」

彼らの中には、広田君と一緒にその年の年賀状アルバイトをしていたものもいた。しかしA子という名前にも、それに近いような少女にも、いっさい心当たりがないのだという。

「そんな筈ないだろ。付き合ってたのは一ヶ月や二ヶ月じゃない。その間に、お前たちにも紹介……はしなかったけど、彼女ができたって話したことくらいは……」

ない。広田さん自身もここで初めて意外に思ったが、毎日学校で接していた彼らに、A子について話したことが一度もなかったのだ。

「おい広田、だいたいそのA子ってのはどこの中学だったんだ？　ずっと会えなくなったんなら、お前だってその中学校に行って探してみることくらいはしただろう？」

「え、いや、それはもちろん……」

ない。言われてみれば当然のことを、自分はいっさいしていなかったのだ。

「でも！　それでもだよ！」

自分は確かに覚えている。A子と並んで座った鏡川。そこから眺めた高知の街。その向こうの山から出てくるUFO。そして互いにビリビリを伝えあった日々。

「いや、だからさ」旧友たちは呆れたような声をかけてきた。

「お前、さっきからなに言ってんだ？　UFOなんて存在しないんだよ。高知にだって東京だってどこにだって。というかそれ以上に、手からビリビリって当たり前のように言ってるけど、いったいなんなんだ、それ？」

そこでようやく広田君は、自分がおかしな認識を持っていたことに気づいたのである。旧友たちに徹底的に否定されるたった今まで、まったく当然の常識として思っていたこと。

「UFOは普通に空に浮んでいるし、人間は誰でも手をビリビリできる」

普通に考えてみればそんな筈がないとの認識へ、一瞬にしてひっくり返ったのである。

A子がいなくなって以来、UFOなんて二度と目撃していない。自分や他人が手からビリビリを出す場面だって、一度たりとも出くわしていない。

しかしこの数年間、特になんとも思わず普通に過ごしてきた。そのおかしな認識は頭の片隅にあったけれど、自分がそれに囚われていたというわけでもなかった。

それはただA子が残してくれた記憶。彼女と一緒にいた時間の置き土産だったのだ。

「俺の初恋は宇宙人だったのかもなあ」

父の手元にあるサントリー山崎のボトルは、もう空っぽになっている。

「だけどなあ、よく聞けよお」

すっかり酔っぱらった父は、また同じ言葉を繰り返した。

「UFOは普通に空に浮かんでいるしなあ、人は誰でも手をビリビリできるんだよお」

別れの夜

これはただ、カーテンが動いたと言われただけの怪談。

本当にただ、それだけの話だ。


私はその日、仙台でのイベントの打ち上げに参加していた。

そこでふと、ユウトさんというスタッフと二人きりになるタイミングがあった。

お互いがトイレに向かった後、すれちがった通路で立ち話をしたという、本当になにげない数分間だ。

そこで彼はふいに、自分は数年前に離婚したんですけど……と話しはじめた。

――毎日すごく悪いことが積み重なったので、僕から妻に別れを切り出したんです。

離婚の理由についての説明は、ほんのそれだけ。

ユウトさんは私に、夫婦関係のもつれについて愚痴をこぼしたかったわけではない。

彼が語りたかったのは、いちばん最初に妻へ別れを切り出した夜のこと。

居間のテーブルを挟んで座る二人。ユウトさんは窓を背に、妻は台所を背にして向かい合っていた。

――君は家庭が趣味だけど、僕の趣味は外にある。この家にずっと二人きりでいる毎日は送れない。君がいちばん大切にしている家庭というものを、僕は一緒に築くことはできないんだ。

そんなユウトさんの言葉を、妻は静かに聞き、静かに頷き、静かに反論した。

ここ一年、いつもヒステリックに怒鳴りちらしていた彼女が、この時だけは落ち着いていた。むしろきちんと話を聞いてくれているのか不安になったほどだ。

時折、あらぬ方へと目を向けて黙りこくる妻。

多少それが気になりつつも、ユウトさんはひたすら真剣に語り続けた。

長い夜が過ぎ、ユウトさんの言葉も尽きた。

ひと時の沈黙が、二人の間に訪れた。

妻の顔がこちらを向いた。ただし二人の目と目は合わさらなかった。彼女の視線の先は、ユウトさんの顔からわずかに逸れていた。

そして妻は、こう呟いた。

「カーテンが、動いてるよ」

ユウトさんは数秒、彼女の顔を見つめた。

それからゆっくりと後ろを振り返った。

窓辺に垂れたカーテンは、かすかに揺れてすらもいなかった。


話はそこで終わり。

ユウトさんはカーテンが動いたところを見ていない。

これ以上ないほどささいな怪現象である上に、その現象が起きたことすら定かではない。

それを見ていたのは妻だけ。いや、もしかしたら妻ですらも、動くカーテンなど見ていなかったのかもしれない。

ただ確実なことは一つだけ。彼女は人生で最も重要な話し合いの最中、彼女がひたすら守ろうとしていた家庭が崩れゆくその瞬間。

「カーテンが、動いてるよ」

去りゆく夫に、そう呟いたのだ。


これはただカーテンが動いたと言われただけの、本当にそれだけの怪談なのだ。

しかし私とユウトさんは、話が終わった後もまだ、飲み会の席に戻ろうとはしなかった。

別れの夜に妻からカーテンが動いたと言われた、ただそれだけのことについて、もう少し語り合いたかったから。

彼女の秘密

「これは怪談ではないかもしれませんが」

熊田さんはまず、そう切り出した。

彼はここ数年にわたって仙台での怪談イベントを主催し、いつも私を出演させてくれている。そんな実話怪談ファンの熊田さんが「怪談ではない」と断言するとはどういう話なのか。

「十年ほど前、僕の後輩のミチオが付き合っていた彼女の話です」

ある時、ミチオから最近付き合いはじめた恋人を紹介したいとの連絡があった。熊田さんが招かれた食事会で待っていたのは、マチコという女性だった。

当時二十五歳のミチオより少し年上、二十代後半といった感じ。少し派手な見た目の、色っぽい雰囲気を醸し出していた。

「恋人になったばかりということもあり、かなり誇らしげに紹介してくれたのを覚えています」

ミチオはマチコに惚れ込んでいた。二日とおかずデートを重ね、一人暮らしのマチコのマンションに入りびたり、やがて半同棲状態となる。それまで熊田さんとミチオは週一回のペースで遊んでいたが、会う機会すらほとんどなくなったそうだ。

充実した恋愛生活を送っているように見えた二人だったが、三ヶ月ほど経つ頃に雲行きが怪しくなる。

ミチオが熊田さんへたびたび電話をかけ、心配ごとを相談するようになったのだ。

その心配ごととは、マチコの「男好き」の性格。

半同棲中の彼氏がいるにもかかわらず合コンに行く。ミチオが留守の時には男友達を泊まらせることまであった。

しかもそうした行為をミチオに隠そうともせず、むしろ自ら告白してくる始末。ミチオが彼女に怒りをぶつけることもあったが、いつも暖簾に腕押ししていなされ、同じことが繰り返される。

当然、ミチオの心は日を追うごとに疲弊していく。しかしどうしてもマチコと別れたくない彼は、熊田さんに愚痴と相談を兼ねた電話をすることで、なんとか精神のバランスを保っていたようだ。

「話を聞く限り、ただの男好きを超えて、もはや自暴自棄に近いような行動だなと思いましたね」

とはいえ二人は破局することなく、なんとか八ヵ月が経過した。

あいかわらずミチオからの相談は継続中である。その日も彼から着信があったので。

……ああ、またいつもの彼女の愚痴を聞かされるんだな。

そう思いながら電話に出てみたのだが。

「ちょっと変なことを言うけど、聞いてもらってもいいですか……」

いつもより深刻なトーンで、ミチオがゆっくり話しはじめた。

「……昨日、友達と明け方まで麻雀をやっていて、早朝に彼女の家に行ったんですね」

合鍵で部屋に入ると、マチコは布団の中で眠っていた。

「自分、隣で寝ようと掛け布団をはがして。そしたら……」

そこでオチは読めてしまった。マチコのいつもの行動からして、布団に隠れていたものがなんだったのかは誰でも予想できることだろう。

だが続いて飛び出したのは、熊田さんが想像すらしない言葉だった。

「マチコの左手が、なかったんですよ」

電話口の双方で、しばらく沈黙が流れた。

「はあ？　どういうこと？」

ようやく熊田さんが声をあげると。

「よくわかりません……。ちょ、ちょっと上手く話せないんですけど」

ミチオはしどろもどろな説明を始めた。

「包帯が巻いてあったり、傷も血もついてなかったので、斬り落とされたんじゃなさそうです。あ、あと事故にあって切断されたとかでも」

「当たり前だろ。そんな目にあった後、呑気に自宅の布団で寝てるかよ」

「はい、で、で、よく見ると、その左手が変なんですよ」

「はあ？　どういうこと？」熊田さんは思わず同じセリフを繰り返した。

「お前さっき、左手がないって言っただろう。ないものが変ってなんなんだよ」

「すいません。最初に一瞬そう思ったんです。でもよく見たら肘まではあったんです」

「……え」

「手が縮んでたんです。肘から下の腕が半分の短さになってたんです。手のひらも小さくなって、指もそれぞれすごく短くなっていて。しかも五本じゃなくて三本指だったんです」

「なんでだよ。彼女にはどういうことか聞いたのかよ」

「はい、起こしてちゃんと聞きました。これどうしたの、って」

目覚めたマチコはさめざめと泣いた。そして手のことには触れず、ミチオに一言だけ告げてきた。

「別れよう」と。

そう言われても、あらゆる意味で納得がいかない。さんざん詰め寄るうち、マチコも次第に冷静になっていき、ようやく次のような説明を淡々と語った。

——いつか自分の手がこうなることは、小さい子どもの頃から分かっていた。こういう手になる前に別れたかった——。

なんらかの病気ではないかと訊ねても、首を曖昧に振るばかり。否定なのか肯定なのかも判別できず、それ以上はなにも答えてくれなかったのだという。

「そうか……」

熊田さんはそこで、彼女の自暴自棄なまでの「男好き」について納得できる気がした。どんな病気か知らないが、幼少時からそうした不安を抱えて生きてきたのなら、屈折した行動に走ることもあるのかもしれない。

そうミチオに告げると、彼もまた自分が振り回される理由についてある程度は共感できたようだった。

ただ、その後の二人の関係は長く続かなかった。

マチコの「男好き」な性格や言動はおさまるどころかエスカレートし、以前にもましてミチオに当たり散らすようになった。ほとほと疲れ果ててしまったミチオは、ようやくこの恋愛に終止符を打つことを決意した。

別れようという申し出を、マチコはすんなり受け入れた。その日のうちにミチオの荷物を引き揚げさせると、今後もう二度と会わないし連絡もとらないように約束させた。

以来ずっと、彼も熊田さんも彼女とは音信不通になっているそうだ。


「……というのが十年前にあった話です。これは怪談ではないのでしょうけれど」

そう語る熊田さんの言葉には、どこか濁りがあった。

「怪談ではないですが、どうしても飲み込めない不可解な点があるんです」

それはもちろん、マチコの手が突然短くなったことだ。

二日に一度は彼女と会っていたミチオによれば、その異変は、わずか三日たらずで起きたのだという。

「そんな大きな変化が起こるには、あまりに急速すぎませんか？」

熊田さんはさんざんミチオに問い詰めたが「一週間でもありえない、絶対に三日以内だった」と主張する。徐々に短くなっていることに気づかなかったのではと問うても、それも絶対にないと言い張るのだ。

もしくはミチオに分からないよう、ずっと義手をつけていたのではないかとの可能性も考えられたのだが。

「絶対にそれもありえません」とミチオは断言する。

「そういうのは一度も見かけませんでした。付き合い始めてから八ヶ月間、一緒に何度もお風呂に入ったし、もちろんすることもしています。ゲームだって料理だって、普通にこなしていたんですよ」

あの一件以降も、それに類するものを見ていない。マチコが仕事に出る際も、義手など付けることはなかった。それまで義手を装着していたのなら、カミングアウトした後でも職場に付けていくはずだろうに。

さらに考えるなら、彼女が遊んでいた男たちや仕事先の同僚は、左手の変化についてどう思っていたのだろうか。関係が悪化したこともあり、自分たち以外の人間と同席する機会はその後一度もなかったので、ミチオにも分からない。

「ミチオとはここ十年たびたびこの話をしていますが、主張はずっと変わりません。彼は嘘をつくタイプでもないし、そんな嘘をつく必要もないですし」

そして今回の取材に際し、熊田さんは仙台でも著名な外科医師に質問してみたそうだ。返ってきた回答は「そこまで短期間で骨まで短くなるなんて、聞いたことがない。物理的にありえないのではないか」というものだった。

もう一度、改めてミチオにも聞いてみた。むしろ「勘違いだったかもしれない」と思い直してくれるのを期待して。

しかし彼の返答はこうだった。

「いや、でも三日なんですよ。五日でもないし四日でもない。あの変化は、絶対に三日以内に起きています」

それと、今聞かれて思い出したんですが……とミチオが新たに教えてくれた情報がもう一つ。

「付き合ってすぐの頃、彼女に腕時計をプレゼントしようとしたんです。指輪はまだちょっと大げさだと思ったけど、そういうものの代わりになるようなものを身に付けてほしくて」

するとマチコは「嬉しい、ありがとう」と言いつつ、次のような注意を付け加えたのだという。

――左利き用のモデルを買ってくれない？　もらった時計、私は右手につけたいからさ。

右利きなのにどうしてそんな真似を、と当時は意味が分からなかった。

しかし今となってみれば分かる。あの頃にはもう、マチコは自らの左手が近いうちに変わってしまうことを理解していた。

彼女はその秘密を抱えながら、ミチオと付き合っていたのだ。

「周りの友人知人に聞きまわっても、なぜいきなりマチコの左手が短くなったのか誰も答えられませんでした。吉田さんならなにか納得できる答えをお持ちではないかと思い、話してみたんです」

そう言われても、私にだって満足のいく答えを出せるはずがない。

またこの件については他にも様々な事象を聞かされているが、プライバシーを考慮して大幅に削除したことを言い添えておく。

話してはいけない話を話したこと　1

　この話だけは絶対に語れない。語れば必ず悪いことが起こるから。

　そのような理由から、当初、松野さんは自らの体験談についてかたく口を閉ざしていた。

　松野さんはとある島の出身。高校卒業とともに上京してから、現在までずっと都内で働いている男性だ。

　そして昔から私に怪談を集めてきてくれる佐々木さんの知り合いでもある。

　二〇二二年の初夏。日常的に怪談の聞き取りを行っている佐々木さんは、この日も松野さんの体験談を取材していた。

　出身地の島での家族にまつわる話、上京してからの彼自身の体験などを聞いた後。

「他にもなにか、怖い思いをした話とかありますか？」

　佐々木さんの質問に、松野さんはこう答えた。

「いや、一番怖い話はできないです。絶対に話せない。怖すぎる」

　——話すと必ず悪いことが起きるからです。昔は面白がって色んな人に話していいんですが、その後必ず、自分の体調が悪くなったり、周りで悪いことや変なことが起こる。それでこれは語ってはダメな話だと気づいたんです。映画の『リング』ってあったじゃないですか？　あれに出てくる呪いのビデオを観た時、そっくりだと思いました。なんというか、伝染してしまうといった感じです。

そんな説明にもかかわらず、佐々木さんは前のめりに追求を続けた。

「聞いた人ではなくて、話した側に悪いことが起こるんですね。聞きたいなあ」

――ダメですよ。だって佐々木さん、聞いたら誰かに話しますよね？　そうしたらそっちにも来ますよ。絶対に。

「……松野さんの島の話ですか？　昔起きた出来事とか？」

――島の話です。昔といえば……確かに大元は昔の話です。かつてテレビがこの話を取材したこともあったけど、ヤバすぎて途中でロケを断念したと聞きました。とはいえ一部は放送されたわけだから、探せば映像も出てくるかもしれませんね。

ここで佐々木さんは、私とも何度か話していた、とある島のタブー怪談を思い出したようだ。

「それって女の人が無惨な亡くなり方をして、彼女の話をするとその女性が来る、という類いの話ですかね……」

――違います。これ以上は話しませんよ。

このようにして、佐々木さんの取材は打ち切られてしまった。

それから二年の月日が経過した。

佐々木さんの尽力により、私と松野さんとを繋いでもらうことができた。中央線沿線にある彼の店にて、じっくりと直接取材させてもらったのである。そうして関係性を築いたことで、彼の中での忌避感は少々和らいだようだ。

絶対に語れないとされた、ある島についての怪談。

その話を本書に発表する許可も得られた。

固有名詞や具体的な情報についてはいっさい伏すという条件付きで、だが。

とはいえ怪談・オカルトに詳しい読者ならば、大元の情報については「あの島のあの話なのだろうな」と勘づく人がいるかもしれない。

その点については、実は松野さんも許容している。

松野さんは情報そのものを隠しているわけではないからだ。

問題は、彼自身がこの話をするかどうか。また他人が語る際にも禁忌とされる文言を発するか（記すか）どうか。さらにそこに島および島内の地名や松野さんの具体名を結びつけるかどうか。彼が怖れているのは、そうした項目である。

地名を伏せ、松野さんら関係者を仮名とし、忌み言葉を避けるかたちで発表するのであれば、特に情報を隠さなくとも話の内容を改変せずとも危険はない。

いや、おそらく危険はなさそうだ……というのが松野さんの判断だ。

そのため肝心の禁忌部分や地名については迂遠な書き方になってしまうが、読者諸氏にはご容赦を願おう。

さらに付け加えるなら。

この話を読者が誰かに伝えること自体は可能である。ただ「あの島のあの話なのだろうな」と察した方も、インターネットやSNSなどに実名を公表するのは差し控えていただきたい。できればクローズドな場の会話であっても、やはり地名人名は伏せつつ語っていただきたい。

冒頭からお願いばかりで恐縮だが、そのルールだけは守ってもらえると助かるのだ。

なにしろ松野さんの身には、この怪談を語るたびに例外なく、なにかしらの「悪いこと」が起きてしまっているのだから。


まずはこの怪談の大元である話を共有しておきたい。

それは本怪談の「情報としての核」ではあるが、これから語る「松野さんの体験談の主旨」ではない。なので、この情報を知っている読者であれば次の項へと読み飛ばしていただいても結構だ。

日本のとある島には、語ってはいけない怪談がある。

話の内容を語ってはいけないどころか、キーワードすら口にしてはならぬとされた怪談がある。

ただし、それは条件付きのタブーだ。正確には島内のとある地域にいる時のみ、その場でその話を語ってはいけないという、存外に緩いルール設定となっている。つまり本書においてなら、概要どころか正確な情報を記すことも大丈夫なはずである。

だが念のため、そのキーワードの名称を「七人の呪い」と言い換えておく。

昔、その島に七人の流刑者がたどりついた。

しかし島民たちは折からの飢饉により、彼らを受け入れることが不可能となっていた。

そのため七人の流刑者は島の外れの岬「N地区」へと追いやられ、食料も得られないまま次々と餓死してしまったのである。

その後、島内では彼らの怨霊がさまよい、農作物の不作や家畜の不審死があいついだため、島民たちは呪いを鎮めようと彼らの塚をたてて弔った。そしてN地区において彼らの話を語ったり、ましてや悪口を言うことをかたく禁じたのだった。

しかし七人の呪いは現在も生きている……少なくとも島民はそう感じている。

一九五二年、N地区にて道路建設中に土砂崩れが起き、七名の作業員が生き埋めとなる死亡事故が発生。あくまで噂だが、事故の直前、作業員の一人が「七人の呪い」のタブーを嘲笑い、敢えて現場にて七人の悪口を叫んだ。そのために作業員七名が生き埋めになって死ぬ呪いを受けたのだ、と語られたりもする。

さらに一九九四年には、島の火葬場にて大量の白骨遺体が発見されるという事件も起きている。遺体の数はちょうど七名。火葬場が無人となった四日間のあいだに、なにものかが火葬炉を使って焼いたようだ。ただいずれも死亡時期が十年から四十年前と古かったため、殺人事件の類ではなく、土葬の遺体を改葬するのが目的だったと見られている。

犯人が誰なのか、どのように犯行に及んだのか、七つの遺体の身元すらもいっさい不明のままという、謎に包まれた未解決事件だ。

真相はどうあれ、こうした「七」の死にまつわる事故や事件が「七人の呪い」と結びつけて語られたのは、不自然なことではないだろう。

また松野さんの言及どおり、これらの話は二十年前のテレビ番組でも取り上げられている。そのため読者の中にも「七人の呪い」について知っている人は多いはずだ。

以上が、今回の怪談を公表するにあたっての、まず共有しておかなければならない情報である。必要なことだったとはいえ、前置きが長くなってしまった。

いよいよ次頁より、本題である松野さんの体験談へと移ることにしよう。

話してはいけない話を話したこと　2

私が佐々木さんとともに松野さんに取材したのは二〇二二年末。

先述どおり、その場にいる全員が禁忌の言葉を口にしないとのルールとともに行われた。

その他にも松野さんから話すことができないのは、大元となった江戸時代あたりの「七人の呪い」について。そして一九五二年に起こった土砂崩れの事故。これらは我々が説明や質問をすることはできるので、それに対して松野さんが「はい」「いいえ」などと答えていく流れ。一九九四年の人骨事件については、彼が島を出た後に起こった出来事なのでそれほど気にしていないようだった。

とにかくこの二件の話をすることがタブーとされているのかと、訊ねたところ。

「そうですね。今みたいな話し方をしてくれるならたぶん大丈夫です。馬鹿にするような口ぶりでもありませんでしたし」

それとは別に、彼自身や周囲の人々の身に起こったことならば話しても差し支えないのだという。ただし、それを我々が面白半分に扱うような、馬鹿にするような反応をしてはいけない。松野さんは、その点をさんざんに強調してきた。

「まず最初は三十年前、自分が高校生だった時のことです」

当時、松野さんの同級生たちに月刊ムーを読んでいるようなオカルト好きのグループがいた。彼らは島に伝わる「七人の呪い」について知っており、放課後の教室にてその話題でひとしきり盛り上がったのだという。今から思い返せば、高校生ということもあり、完全にふざけた調子でネタにしていた。

「その翌朝。メンバーのうちの一人が通学途中に事故に遭い、怪我を負ったんです」

彼は山の上の実家から自転車で通学していた。通い慣れた通学路にもかかわらず、坂道で自転車が転倒。そのままガードレールも飛び越え、あわや崖下に落ちる寸前のところまで転がっていったのだ。

坂道に躓くような物体が落ちていたわけではなく、いったいなぜ転んでしまったのか見当もつかない。まるで見えないなにかに自転車を思いきり蹴飛ばされたようだった。

その同級生の家は「七人の呪い」の現場とされるポイントのすぐ近くにあった。また前日のおしゃべりの際、最もその話を馬鹿にしてふざけていたのが彼だったのだ。

「マジで祟りなんてあるのかよ！　って驚いたんですが」

同じ高校にて、続けざまにまた別の出来事が起こった。

松野さんが校舎の外を歩いているうち、ふと敷地内に停めてある車が目に入った。野球部が使っている十人乗りのワゴン車だ。それ自体は何度も見かけているものだが、今日は明らかに様子が違う。

「おい、これ、どうしたんだよ?」

車の脇にいた野球部員に質問を投げかけてみると。

「ああ、これなあ……」

昨晩、この車は顧問の教師の運転により部員数名を送迎していた。そのうちN地区にさしかかったところで、誰かがふと気づいたのである。

「このあたりって、あの怖い話の場所だよな」

山中にある「七人の呪い」の現場について話すうち、そこで肝試しをしようとの話に発展していった。顧問の教師も乗り気になってしまい、峠道へと車を向かわせる。

現場にたどり着いたところで、部員たちがぞろぞろと車から降りる。周囲には街灯がないので、明かり取りのためフロントライトをつけっぱなしにして停車させていたところ。

突然、耳をつんざく破裂音があたりに響いた。なにごとかと慌てる中、部員の一人が大声で叫ぶ。

「車! 車の窓が!」

車体後方のリアウインドウ。その全面が粉々に割れていた。無数のヒビによってガラスが白く濁り、もはやフレームから外れかけていけるほどの破損だった。

まだ車から離れていないのだから、鳥や石が飛んでくればわかるはずだ。周囲にもウインドウにぶつかったとおぼしきものはなに一つ落ちていなかった。

「だからさ、あの場所であの話をするなって、本当だったんだな……」

彼の証言は嘘ではないだろう、と松野さんは思った。

ワゴン車のリアウインドウの窓枠。

そこにはガラスの代わりに、大きなベニヤ板が貼りつけてあったからだ。


身近で怪事が連続したため、松野さんは「七人の呪い」について興味を抱いた。

図書館で島の民話にまつわる本を読んでみると、確かに同級生たちの言説とほぼ同じことが書いてあるではないか。高校生の与太話ではなく、きちんとした郷土史家が言及している点に強いリアリティを感じた。

またこうして調べていくうち、「馬鹿にして話すと祟りが起こる」といった決まりごとがあるのだと知った。確かにその点については、自転車で転んだ同級生や、肝試しを楽しもうとした野球部員たちにも当てはまる。

次に松野さんは、両親にも訊ねてみた。

リビングに父と母が揃っていた時、伝承や土砂崩れ事故のおおよその概要、そして「七人の呪い」の正式名称を伝えて質問したのだ。

「なあ、この話って知ってる？」

すると父も母もこちらをいっさい見ずに、

「……知らない」

一言だけ、ぶっきらぼうに返してきた。

……いや、絶対に知ってるだろう。

明らかに嘘をついている反応だった。父母ともに真面目な性格で、隠し事をするのが得意ではない。

なぜ嘘をつくのかといえば、「七人の呪い」についていっさい話したくないからだろう。

だが同じ島民でも、ここまで強く拒絶するのはかなり過敏な方である。

繰り返すが、「七人の呪い」を語ってはいけないとは、特定のポイントでのみ定められているタブーだ。逆に言えば、島内であってもそこから離れていれば大丈夫なはず。

「N地区の中でも、そこまで広い範囲ではないんですよ。『マルブ』と呼ばれている場所だけですから」

マルブとは「死ぬ」という意味の方言だ。それが先ほどから言及している「七人の呪い」

の現場となる。しかし両親は、そこからだいぶ距離の離れた場所にあるこの家の中ですら、語らずの禁忌を怖れている様子だ。

もしかしたら理由があるのかもしれない。父と母そして自分の家族や親族は、他の島民以上にこのタブーを強く守らなくてはいけない理由が。

最初に断っておくと、その理由は現在に至るもなんら判明していない。

ただとにかく松野さんたちは、マルブ以外の場所であろうとも、あの話を気軽に語ってはいけないようだ。

それは松野さん自身が島を離れ、東京に出た時に痛感したことでもある。

話してはいけない話を話したこと　3

「自分はとにかく島から出たくて、東京の専門学校に入ったんです」

松野さんの東京生活は、まず武蔵小金井のアパートに暮らすところから始まった。これまでもたびたび上京したことはあるものの、やはり旅行とはまったく異なる毎日が繰り広げられる。

島にはない景色、島にはない娯楽、そしてなによりも島ではありえない人間関係。

専門学校ではすぐに数名の友人ができた。彼らを武蔵小金井のアパートに招き、宅飲みをすることもしばしばあった。

そんなある夜、ひょんなことから話題が怖い話へと移っていった。松野さんの部屋で時ならぬ怪談会が始まったのだが、皆が語るのは聞いたことがある話ばかりだ。

よし、ここは一つ、こいつらをビビらせてやろう。

そこで松野さんは「七人の呪い」を語りだした。大元となった江戸時代の伝承、数十年前の土砂崩れ事故、自分が高校で見聞きした実見譚……。

当然のごとく、友人たちは聞いたこともないスケールの恐怖に震え上がり、松野さんはその場のスターとなった。

「すげえ話だな……でも松野、話しちゃいけない話をしちゃっていいのかよ？」

そこを気にしていなかったかと言えば嘘になる。しかしルールとしてはN地区の「マルブ」で語らなければ大丈夫なはずだ。ここはマルブでもN地区でもなければ、島の中ですらない。東京だ。

自分はずっと離れたかった島を飛び出し、東京で学生生活を送っているのだ。島に縛られていた生活から自由になった感覚が、あの話を語らせてしまったのかもしれない。

翌日、松野さんは原因不明の高熱に襲われた。

風邪の症状とは明らかに違う。体を動かすことはできるが、とにかく体温計は四十度を超えている。なんの病気かわからないため、このまま一人暮らしの部屋にいたら突発的に死んでしまうのではないか。茹で上がった脳みそが、ひたすらそんな恐怖を煽りたてる。

「とにかく動けるうちに島に帰ってこい。交通費なんて気にせず、今すぐ飛行機に乗れ」

親に連絡したとたん、そう強く諭された。

一時的な滞在とはいえ、まさかこうしたかたちで島に帰ることになるとは思わなかった。

島の病院にいる最中はひたすら熱にうなされ、ほとんど思考は働かなかった。しかし入院して数日後、松野さんの症状は嘘のようにぴたりと回復する。

冷静さを取り戻したところで、気づいてしまったのである。

「七日」だ。あの話をした夜から数えて、ちょうど「七日」のあいだ謎の熱に襲われ、それが過ぎたとたんに治まった……。

たとえ東京であろうと、あの話をしてはいけなかったのか。


東京に戻った松野さんだったが、専門学校は一年ほどで退学してしまうこととなる。そのことを両親に伝えると、激怒した父親からこう宣告された。

「一週間以内に仕事先を見つけるか、それが出来なければ島に帰ってこい！」

せっかく東京に出てきたのに、あの島に帰るのだけは絶対に嫌だ。困り果てた松野さんが、島時代から親しくしていた兄貴分に相談したところ。

「とりあえず下北沢に行ってみろよ」

一九九〇年代当時の古着ブームにより、下北沢では古着屋が乱立していた。古着のことなどなにも知らない松野さんはアルバイト面接に落ち続けたが、アタック可能な店は無数にあったのだ。

「そのうち、なぜか受かった店で働きはじめまして。最初のバイト担当さんがうちの島によくサーフィンに来る人だったりと、なにかしら縁があったんでしょうね」

とはいえ当時の古着屋は上下関係が厳しく、完全に体育会系。また女性店長が厳しいタイプで、下っ端の松野さんは本人いわく「犬のように扱われながら」働いていたそうだ。

その日は、店のバックヤードで棚卸しの作業をしていた。

倉庫内には先輩など誰もおらず、アルバイトの同僚が一人だけ。久しぶりに気を遣わずに過ごせる時間だったので、二人で雑談しながら手を動かしていた。

「最近この店に幽霊が出るって話、知ってる？」

ふいに同僚がそんなことを言い出した。複数のスタッフがここで奇妙なものを見たと言っている、あの口うるさい店長ですら、公言せずともなにかを感じ取っているらしい……などなど。

「ああ、確かに……」

松野さんにも心当たりがあった。ある日の閉店作業中、片付けやら鍵を閉めるため店内を歩き回っていた時のことだ。

「店長はレジ締めをしていてさ。ほら、その時の店長って計算を合わせようと神経質になってるから、話しかけるとめちゃ怒られるだろ。だから迷惑かけないように気を遣ってたんだけど」

店内には天井から吊るした鉄のポールに、古着のハンガーの列が並んでいる。そうして作られた幾つもの通路の奥には、必ず姿見の鏡が置いてある。

「だから通路を横切る時は、姿見に自分が映るはずだろ。でもそこに、俺じゃなくて別の男が映ってたんだよな」

「男？　正面を向いて立ってたってこと？」

「いや、俺と同じ動作で、鏡の前を横切ろうとしていたから」

最初は自分の姿を見間違えたのだと思い、そのまま通り過ぎた。しかし次の通路に来てもまた、奥の姿見に先ほどと同じ男が映っているではないか。

「一緒に移動している、って思った」

次の姿見も、また次の姿見にも。自分が映るはずの鏡面に、見知らぬ男が映り込む。直視しないように目を逸らしてはいたが、男が白い服を着ているのは分かった。

——マッ！

すると店内のどこかから、そんな声が聞こえた。「マツ」とはスタッフが松野さんを呼ぶ時のあだ名だ。店長が用事を言いつけようとしているのかと思いレジに行ってみると。

「はあ？　呼んでないよ」

レジ締め中の苛立ちをぶつけるように、不機嫌な声でそう返された。

おかしいなと思い、また作業に戻ったとたん。

――マツッ!

さらに語気を強めた声が響いた。

間違いなく、今度こそしっかりと呼ばれている。しかも、こちらのミスを指摘する時のような怒りの滲んだ口ぶりで。

慌てて店長のもとに走り、「なんでしょう」と声をかけたのだが。

「呼んでないって言ってるでしょ!」

返ってきたのは、ヒステリックな怒鳴り声だった。

「……すいません」

「とっとと戸締まりしてこい!」

納得はいかないが仕方ない。正面入り口の施錠に向かう。そこは大きなガラス戸なので二重三重にロックする手間がかかる。腰を屈め、最初の錠を閉めようとしたその右手が。

がしり、となにかに掴まれた。

男の手のような感触だった。

とっさに振り向いたが、背後には誰の姿もない。

「それでもう怖くなっちゃって、怒られてもいいからとレジの方に逃げていったら……」

その慌てふためいた様子を見て、店長はなにか察したのだろうか。文句も言わず、一緒に戸締りに付き合ってくれたのである。普段の彼女からは考えられないような行動だった。

その帰り道、電車で一緒になった店長はこんなことを伝えてきた。

「私、ちょっとそういうのが視えちゃう人間なんだけどさ。あんたがさっき真っ青な顔してたから、ああ視たんだなって思った」

……最近うちの店、変なものが出るから気をつけた方がいいよ……。

「そんなことあったのかよ……。ちょっと話変わるけど、俺も子どもの頃に変な体験しててさあ……」

松野さんの体験談を受けて、同僚がまた別の話を披露してきた。こうして数珠繋ぎで怪談がリレーしていくのは確かによくあることだ。よくあることなのだが。

「……っていうことがあったんだ。マツ、お前は他になんか怖い話あるか？」

まるで誘導されるように、松野さんはまた「七人の呪い」の話を口にしてしまった。

タブーを忘れてはいない。東京であっても禁忌の圏外でないことも分かっている。

とはいえ重要なワードを出さず、概要を浅く短く話すだけなら大丈夫だろう。この前のアパートで語った際は、酒が入っていたりと真面目さが足りなかった。そもそもあれは、馬鹿にするような話しぶりでない限り、祟りを及ばさないはずなのだ。

そう気をつけながら、「七人の呪い」や自分の体験についての簡単な説明を語ってみた。

「……まあ、そんなような話があるってこと。はい、そろそろちゃんと作業しようぜ。店長に見つかったらまた怒られるぞ」

同僚はもう少し聞きたがっているようだったが、作業に戻ることで話を切り上げた。

脚立のてっぺんに上り、大型スチール棚の上方へと手を伸ばす。天井間際のバーに吊したハンガーに手を伸ばしたところで。

――ガコン！

大きな金属音。一瞬遅れて、銀色の物体が目の前に迫ってきて。

「えっ」

とっさに手が動いた。左の眼球わずか一センチ手前で掴んだものは、先端が鉤状になった金属の棒。

スチールのバーである。

なぜか接続部から瞬間的に外れたバーが、勢いよく跳ね上がってきたのだ。

だがそれは鉤状の爪を引っ掛けて固定するタイプで、勝手にズレることなどありえない。手で動かそうとしてもビクともせず、いつもハンマーで何度も強く叩いて取り外しているのだから。

松野さんは震える手からバーを離した後、ゆっくり視線を落とした。

ひきつった顔の同僚が、こちらを見上げている。

松野さんが脚立から床に下りたところで、示し合わせたように二人してバックヤードから逃げ出した。

別室に駆け込むと、同僚は息を切らしながらこう告げた。

「……マツ、あの話はもうしないほうがいいぞ……」

言われるまでもないことだった。

実際にそれから二十年以上、松野さんはずっとこの話を封印していた。

我々にしつこく問いただされるまでは、だが。

話してはいけない話を話したこと　4

「七人の呪い」についての禁忌のルールは、松野さんにだけ通常より強く作用している。

本来はN地区のマルブという一地域でだけ語ってはいけないはずなのに、松野さんは島外であろうと祟りが及ぶ。だからこそ彼は、島民から見ても過剰なほど気を遣っている。

我々に対してしきりに「馬鹿にしないように」と注意しているのも、そのためだと思えば納得できる。

これは憶測に過ぎないのだが、ご両親の反応からしても、松野さんの家系だけが他の島民以上にタブーを守らなければいけないのではないだろうか？

「そうなんです。どこで話してもダメみたいなんですよ。自分の家族についてとなると……これは関係あるのかどうか分かりませんが」

松野さんの祖母が、家族全員に注意していたことがある。

それは「左目に気をつけろ」というものだ。

祖父は石切場の仕事をしている最中、石が飛んできて左目を失明した。

父方の一歳上の伯父は、十八の時にバイク事故を起こして頭蓋骨を骨折。その後遺症で癲癇の発作持ちとなり、左目の視力が著しく衰えてしまった。

松野さんは子どもの頃にシャープペンで左目を突き刺してしまったことがある。そして先述どおり尖ったバーが衝突しそうになったのも左目だ。

「またこれはうちの家族に限ったことではないんですけど、島民の多くがやけに『馬鹿にされる』かどうかに拘ります。怒った時に発するセリフがいつも『馬鹿にするな』なんですよ。東京に出てきて初めて、あの島のメンタリティは他と少し違うんだなと気がつきました」

だからこそ「七人の呪い」のタブーの要点として、「馬鹿にしてはいけない」との項目が入ってくるのではないか。

また松野さんの伯父が癲癇の発作を起こした際、必ず連呼する言葉が「馬鹿にしやがって」なのだという。

「なぜかは知りません。でも発作のたびにいつも、じっと硬直しながら『馬鹿にしやがって、馬鹿にしやがって、馬鹿にしやがって……』と口ずさみ続けるんです」

こうした諸々の事情は「七人の呪い」と繋がっているのだろうか。ともあれ、N地区でなければ島民もそれなりに語っている「七人の呪い」の話を、松野さんの家族がいっさい語りたがらないのは確かだ。

また実際、それは賢明な措置だったのだろう。

二年に及ぶ本怪談の取材中、松野さんと佐々木さんは複数回にわたって体調を崩している。それはきまって「七人の呪い」の話をした直後。注意して語っているにもかかわらず、百パーセントの確率で二人同時に、頭痛や腹痛もしくは首肩が曲がらないほどの痛みに見舞われるのだ。

例によって私だけはそうした影響から免れている。しかし禁忌を破った祟りは松野さんから話を聞いたものにも波及してしまうのかもしれない。

「もしかしたら松野さんが、タブーの及ぶ範囲を引っ張ってきているのかとも思います」

とは佐々木さんの意見。

「彼の半径二～三メートルくらいが『マルブ』と同じエリアになってるというか。禁足地や聖域の現場にいくと、なにかこう『ここは普通じゃないな』と感じるじゃないですか。松野さんのお店で聞き取りしていると、そういう感覚を覚えるんですよ」

そして松野さん本人については、体調不良だけで済まないケースも多々あった。

例えば昨年末、佐々木さんの取材を受けた後のこと。

それはちょうど、彼が島に帰る前日というタイミングでもあった。

翌日は早朝の飛行機で島に帰省する予定だった。もう寝ないでおこうと決めた松野さんは、深夜三時前に店を閉め、自転車で帰宅することにした。

通い慣れた住宅街の裏道を抜けていた、その途中である。

「うお！」

思わず急ブレーキをかけた。

突然すぐ真横に、人が現れたからだ。

そこはまっすぐな道路で、脇のマンションの照明により明るく照らされている。

それなのに、なぜ気づかなかったのだろうか。

手を伸ばせば届くほどの距離に、いつのまにか奇妙な男が立っていたのだ。

こちら側を向いた体が、不自然に斜めに傾いている。まるでハンドサインのように、肘を直角に曲げた片手を掲げている。

そして無表情の顔、生気のない目で、自分をじっと見つめている。

思わず見つめ返す松野さんに、男はなんの反応もせず、それでいて視線をいっさい外そうとしない。自転車でゆっくり進む自分を目で追っているので、こちらを認識しているのは確かだ。

「そこまでならギリギリ、おかしな人が立っているだけとも判断できますけど……」

松野さんはペダルを踏みこむと、必死に自転車のスピードを上げ、すぐ次の角へと逃げ込んだ。

男はMA－1のような濃い緑色のジャケットを着ていた。

そしてその上にある、マンションの明かりで照らされた顔。

その顔もまた、服と同じ緑色だったのだ。

「明らかに死んでいる人間の顔色に見えました。これが生きている人間だったとしても、それはそれでヤバいと思い、逃げ出したんです」

その後も深夜に同じ道を通ってはいるのだが、今のところ緑の男を見かけてはいない。


そして、あの事件である。

それが起きたのもまた、「七人の呪い」について松野さんと連絡を交わしている時だった。

昨年の初夏のこと。私は二〇二二年から行っていた一連の取材成果を、某テレビ番組にて紹介しようと考えた。

もちろん松野さんにまつわるプライバシーや具体的な情報は伏せた上で、とにかく「語ってはいけない怪談がある」という点のみを強調する企画にするつもりだった。

当然と言おうか、松野さんへの最初の打診は断られた。それでも粘り強く交渉し、許可の得られる妥協点を探ろうと動いていたのだが。

その矢先、さすがに私も交渉を諦めざるをえない事態が発生した。

松野さんの店の敷地に女性が落下し、死亡したからだ。

隣のマンションからの飛び降り自殺だった。

自殺が行われたのは昼過ぎ。松野さんは店にいなかったが、隣の店の人が慌てふためいた電話をケータイにかけてきたのである。

店に到着して遺体を確認してみたものの、最初は誰か分からなかった。

だがその遺体、実は店の入っているマンションに住む高齢女性であり、松野さんもほぼ毎日顔を合わせていた人物だった。

彼女については、いつも和装を着こなして髪を綺麗に結い、しっかりと化粧をした姿しか見ていなかった。亡くなった時の姿はそれとまったく異なるノーメイクの部屋着だったので、同一人物と気づけなかったのだ。

その日のうちにやってきた不動産屋から、亡くなったのは店の上階に住む着物の女性だと教えられた。身寄りもない一人暮らしで、このところ鬱をこじらせていたらしい。遺書も残っていなかったとのこと。

自分の住居での死を避けようとしたのだろうか。彼女は隣のマンションの外階段に出向き、そこから飛び降りた。

しかし建物が外にせりだした箇所にバウンドし、松野さんの店の裏口へと落下してきたのだ。その上にあった簡素な屋根は、女性が突き破ることで壊れてしまった。

落下地点である裏手のスペースは、松野さんがいつもタバコを喫う場所だった。

つまり自殺した時間がもう少し遅ければ、彼がその時そこで喫煙していたとしたら。

巻き添えを食うかたちで、松野さんも無事では済まなかっただろう。

その話を聞いた私は、テレビでの企画そのものを全面撤回した。

それから一年が経った。様々な条件をクリアすることで、ようやく本書に一連の出来事を掲載する許可を松野さんから得たのである。

今回のような書き方であれば、「七人の呪い」は松野さんにも、他の誰にも祟りを及ぼさないはずだ。

そう信じたい。

★読者アンケートのお願い

本書のご感想をお寄せください。
アンケートをお寄せいただきました方から抽選で
5名様に図書カードを差し上げます。
（締切：2024年9月30日まで）

応募フォームはこちら

怪事件奇聞録

2024年9月5日　初版第1刷発行

著者……吉田悠軌
デザイン・DTP……延澤武
企画・編集……Studio DARA

発行所……株式会社 竹書房
〒102-0075　東京都千代田区三番町８－１　三番町東急ビル６F
email：info@takeshobo.co.jp
https：//www.takeshobo.co.jp
印刷所……中央精版印刷株式会社